Los chicos de la Nickel

Los chicos de la Nickel

COLSON WHITEHEAD

Traducción de
Luis Murillo Fort

LITERATURA RANDOM HOUSE

Título original: *The Nickel Boys*

Primera edición: septiembre de 2020

© 2019, Colson Whitehead
Todos los derechos reservados
© 2020, Penguin Random House Grupo Editorial, S. A. U.
Travessera de Gràcia, 47-49, 08021, Barcelona
© 2020, Penguin Random House Grupo Editorial USA, LLC.
8950 SW 74th Court, Suite 2010
Miami, FL 33156

Luis Murillo Fort, por la traducción

ISBN: 978-1-644732-70-0

Impreso en Estados Unidos – *Printed in USA*

Penguin
Random House
Grupo Editorial

Para Richard Nash

PRÓLOGO

Hasta muertos creaban problemas, los chicos.

El cementerio secreto estaba en el lado norte del campus de la Nickel, en media hectárea de terreno irregular llena de hierbajos entre la antigua caballeriza y el vertedero. Aquello eran pastos cuando la escuela tenía montada una vaquería y vendía leche a clientes de la localidad, una de las maneras con que el estado de Florida aliviaba la carga fiscal que suponía la manutención de los muchachos. Los urbanistas del parque empresarial habían reservado el terreno para hacer una zona de restaurante, con cuatro fuentes arquitectónicas y un quiosco de música para algún concierto ocasional. El hallazgo de los cadáveres fue una costosa complicación tanto para la empresa inmobiliaria que estaba esperando el visto bueno del estudio medioambiental, como para la fiscalía del estado, que acababa de cerrar una investigación sobre las presuntas agresiones. Ahora tenían que iniciar nuevas pesquisas, establecer la identidad de los fallecidos y la forma en que murieron, y a saber cuándo aquel maldito lugar podría ser arrasado, despejado y limpiamente borrado de la historia. Lo único que todos tenían claro era que la cosa iba para largo.

Todos los chicos estaban al corriente de aquel lugar abyecto. Tuvo que ser una alumna de la Universidad del Sur de Florida quien lo sacara a la luz pública varias décadas después de que el primer chico fuese arrojado al hoyo dentro de un saco de patatas. Cuando le preguntaron cómo había descubierto las tumbas, la alumna, Jody, respondió que el terreno «se veía raro». La tierra como hundida, los hierbajos mal esparcidos. Jody y el resto de los estudiantes de arqueología de la universidad se tiraron meses cavando en el cementerio oficial de la escuela. El estado de Florida no podía enajenarse la finca mientras los restos mortales no fueran debidamente reubicados, y a los estudiantes de arqueología les venía bien hacer horas de prácticas para conseguir créditos. Armados de estacas y alambre, parcelaron la zona de búsqueda y cavaron con palas y material pesado. Una vez cribado el suelo, las bandejas de los estudiantes se convirtieron en una indescifrable exposición de huesos, hebillas de cinturón y botellas de refresco.

Los chicos de la Nickel llamaban Boot Hill al cementerio oficial, un nombre que tenía su origen en *Duelo en el O. K. Corral* y en las sesiones de cine de los sábados que solían disfrutar antes de que los mandaran al reformatorio, privándolos de tales pasatiempos. El nombre se mantuvo a lo largo de generaciones, incluso entre los alumnos de la Universidad del Sur de Florida, que no habían visto jamás una película del Oeste. Boot Hill estaba al otro lado de la larga cuesta, en la zona norte del campus. En las tardes luminosas, el sol se reflejaba en las X de hormigón pintado de blanco que señalaban las tumbas. Dos terceras partes de las cruces llevaban grabado el nombre del difunto; el resto estaban en blanco. Las identificaciones no fueron fáciles, pero se trabajaba a buen ritmo gracias al afán competitivo de los jóvenes arqueólogos. Los archivos de la escuela, si bien incompletos y un tanto caóticos, facilitaron la identificación de un tal WILLIE 1954. Los restos carbonizados correspondían a las víctimas del incendio ocurrido en el dormitorio colectivo en 1921. Coincidencias de ADN con parientes todavía vivos –aquellos cuyo paradero lograron rastrear los estudiantes de arqueología– volvieron a conectar a los muertos con el mundo de los vivos, que había seguido su camino sin ellos. No fue posible identificar a siete de los cuarenta y tres cadáveres.

Los estudiantes amontonaron las cruces de hormigón blanco junto al lugar de la excavación. Una mañana, cuando volvieron al trabajo, alguien las había hecho pedazos.

Boot Hill fue liberando a sus chicos uno a uno. Jody se entusiasmó cuando, al limpiar con la manguera varios artefactos encontrados en una de las zanjas, dio con sus primeros restos humanos. El profesor Carmine le dijo que aquel hueso en forma de flauta que tenía en la mano debía de pertenecer a un mapache u otro animal de pequeño tamaño. El cementerio secreto la redimió. Jody encontró el osario mientras deambulaba por el recinto buscando cobertura para el móvil. Carmine respaldó su corazonada basándose en las irregularidades que ya habían visto antes: todas aquellas fracturas, los cráneos hundidos, los costillares acribillados a perdigonazos. Si los restos hallados en el cementerio oficial eran ya sospechosos, ¿qué no les habría ocurrido a los de la fosa clandestina? Dos días después, perros adiestrados para encontrar cadáveres e imágenes de radar confirmaron las sospechas. Ni cruces blancas ni nombres: solo huesos a la espera de que alguien los encontrara.

—Y a esto lo llamaban escuela —dijo el profesor Carmine. En media hectárea de tierra se puede esconder casi de todo.

Uno de los chicos, o uno de sus parientes, dio el soplo a los medios de comunicación. Los estudiantes, después de tantas entrevistas, tenían ya cierta relación con algunos de los chicos. Estos les recordaban al típico tío cascarrabias o a personajes duros de sus antiguos vecindarios, tipos que podían ablandarse una vez que llegabas a conocerlos pero que nunca perdían su dureza interior. Los estudiantes de arqueología les contaron a los chicos el hallazgo del segundo cementerio, y también se lo contaron a los familiares de los chicos que habían desenterrado, y entonces un canal de Tallahassee envió a investigar a un periodista. Muchos chicos habían hablado anteriormente del cementerio secreto, pero, como ocurría siempre con la Nickel, nadie los creyó hasta que alguien más lo dijo.

La prensa nacional se hizo eco del reportaje y la gente empezó a ver el reformatorio con nuevos ojos. La Nickel había estado cerrada tres años, lo que explicaba el estado selvático del recinto y el clásico vandalismo adolescente. Hasta la escena más inocente –uno de los comedores o el campo de fútbol– se veía siniestra sin necesidad de trucos fotográficos. Las secuencias de la película eran inquietantes. En la periferia aparecían sombras temblorosas, y cada mancha, cada señal, parecía de sangre seca. Como si las imágenes registradas por el equipo de vídeo emergieran con toda su tenebrosa naturaleza al descubierto, la Nickel que uno podía ver al entrar y la que no podía verse al salir.

Si aquello ocurría con unos espacios inofensivos, ¿cómo se verían otros lugares más siniestros?

Los chicos de la Nickel eran, como solía decirse, más baratos que un baile de diez centavos en el que bailas más rato del que has pagado. No hace muchos años, varios de los antiguos alumnos organizaron grupos de apoyo a través de internet. Quedaban en un restaurante o un McDonald's, o en torno a la mesa de la cocina de alguno después de conducir durante una hora. Entre todos realizaban un ejercicio de arqueología espectral, excavando en el pasado y sacando de nuevo a la luz los fragmentos y artefactos de aquellos años. Cada cual con sus propios retazos. «Él te decía: Más tarde pasaré a verte.» «Los escalones tambaleantes que bajaban al sótano de la escuela.» «Notar los dedos de los pies pringosos de sangre dentro de las zapatillas de deporte.» Juntar esos fragmentos les servía como confirmación de una oscuridad compartida: si es cierto para uno, también lo es para alguien más, y así uno deja de sentirse solo.

Big John Hardy, vendedor de alfombras jubilado de la ciudad de Omaha, se ocupaba de subir las últimas novedades sobre los chicos de la Nickel a una página web. Mantenía a los demás informados acerca de la petición de que se abriera una nueva investigación y las negociaciones sobre un escrito formal de disculpa por parte del gobierno. Un contador digital parpadeante hacía el seguimiento de la recaudación de fondos para un posible monumento conmemorativo. Uno podía enviar por email la historia de su época en la Nickel y Big

John la subía a la web junto con la fotografía del remitente. Compartir un enlace con tu familia era una manera de decir: Aquí es donde me hicieron. Una explicación a la vez que una disculpa.

La reunión anual, que iba por su quinta convocatoria, era tan extraña como necesaria. Los chicos eran ya hombres mayores con mujeres y exmujeres e hijos con los que se hablaban o no, con nietos que a veces se traían y rondaban recelosos por allí y otros a los que tenían prohibido ver. Habían conseguido salir adelante tras abandonar la Nickel, o tal vez no habían logrado encajar entre la gente normal. Los últimos fumadores de marcas de tabaco que ya no se ven, rezagados del régimen de la autoayuda, siempre al borde de la extinción. Muertos en prisión o pudriéndose en habitaciones alquiladas por semanas, o pereciendo de hipotermia en el bosque tras beber aguarrás. Los hombres se reunían en la sala de conferencias del Eleanor Garden Inn para ponerse al día antes de ir en procesión hasta la Nickel para realizar el solemne recorrido. Unos años te sentías lo bastante fuerte para enfilar aquel sendero de hormigón sabiendo que conducía a uno de los sitios malos; otros años, no. Según las reservas que uno tuviera esa mañana, evitaba mirar un edificio en concreto o lo hacía sin amilanarse. Después de cada reunión, Big John subía un informe a la página web para quienes no habían podido asistir.

En Nueva York vivía un chico de la Nickel llamado Elwood Curtis. A veces le daba por hacer una búsqueda en internet sobre el viejo reformatorio para ver si había alguna novedad, pero no asistía a las reuniones y tampoco añadía su nombre a las listas, por muchas razones. ¿Para qué, al fin y al cabo? Hombres hechos y derechos. ¿Qué vas a hacer, pasarle un kleenex al de al lado, coger el que te pasa él? Alguien colgó un post sobre la noche en que estuvo aparcado frente a la casa de Spencer durante horas, mirando las ventanas, las siluetas en el interior, hasta que descartó tomarse la justicia por su mano. Tenía preparada su propia correa de cuero para atizarle al superintendente. Elwood no lo entendió; si había llegado a ese extremo, ¿por qué no seguir hasta el final?

Cuando encontraron el cementerio secreto, Elwood supo que tendría que volver. Los cedros que asomaban sobre el hombro del reportero de televisión trajeron de vuelta la sensación de calor en la piel, el chirrido de las moscas secas. No estaba tan lejos. Nunca lo estará.

PRIMERA PARTE

1

Elwood recibió el mejor regalo de su vida la Navidad de 1962, por más que las ideas que ese regalo metió en su cabeza fueran su perdición. *Martin Luther King at Zion Hill* era el único álbum que poseía, y siempre estaba puesto en el tocadiscos. Su abuela, Harriet, tenía algunos discos de góspel que solamente se decidía a poner cuando el mundo descubría una nueva manera de fastidiarla, y a Elwood no le dejaban escuchar a los grupos de la Tamla Motown ni esa clase de música popular porque eran de carácter licencioso. El resto de los regalos de aquel año fueron prendas de ropa —un jersey de color rojo, calcetines— y ni que decir tiene que las llevó hasta gastarlas, pero nada aguantó tan bien el uso y de forma tan constante como aquel disco. Las rayas y ruiditos que este fue acumulando al paso de los meses eran otras tantas marcas de su proceso de concienciación, hitos de los diversos momentos en que las palabras del reverendo se abrieron paso en su intelecto. El crepitar de la verdad.

No tenían televisor, pero los discursos del doctor King eran una crónica tan palpitante —contenían en sí mismos todo cuanto los negros habían sido y todo cuanto él iba a ser—, que el disco era casi tan bueno como la televisión. O incluso mejor, más majestuoso, como la enorme pantalla del Davis Drive-In, aquel cine al aire libre al que había ido en dos ocasiones. Elwood lo vio todo: africanos perseguidos por el pecado blanco de la esclavitud, negros norteamericanos humillados y sometidos por la segregación, y aquella luminosa imagen futura, cuando los de su raza podrían ir a todos los lugares hasta entonces prohibidos.

Los discursos estaban grabados en diferentes puntos del país –Detroit, Charlotte, Montgomery–, lo que dio a Elwood una idea más amplia de la lucha por los derechos civiles. Hubo incluso uno que le hizo sentirse miembro de la familia King. Todos los críos habían oído hablar de Fun Town, habían estado allí o tenían envidia de otro que sí había estado. En el tercer corte de la cara A, el doctor King hablaba de que su hija se moría de ganas de ir al parque de atracciones de Stewart Avenue, en Atlanta. Cada vez que veía el enorme rótulo desde la autopista o cuando salía el anuncio por la tele, Yolanda les rogaba a sus padres que la llevaran. King tuvo que explicarle, con aquella voz suya, grave y estentórea, que había una cosa llamada segregación por la cual los chicos y chicas de color no podían traspasar aquella cerca; explicarle la equivocada idea de algunos blancos –no eran todos, pero sí muchos– que le daba fuerza y significado. Aconsejaba después a su hija resistirse al señuelo del odio y de la acritud, asegurándole que «aunque no puedas ir a Fun Town, quiero que sepas que tú vales tanto como cualquiera de los que van a Fun Town».

Ese era Elwood: tan válido como el que más. Trescientos setenta kilómetros al sur de Atlanta, en Tallahassee. A veces, de visita en casa de sus primos en Georgia, veía un anuncio de Fun Town en la televisión. Excitantes atracciones, música alegre, chicos blancos haciendo cola para subir a la montaña rusa del Ratón Salvaje o para jugar al minigolf. Ajustándose las correas para un viaje a la luna en el Cohete Atómico. Un intachable boletín de notas, aseguraba el anuncio, garantizaba la entrada libre al parque siempre y cuando tu profesor te pusiera una marca roja en él. Elwood sacaba todo sobresalientes y guardaba las pruebas de ello para el día en que Fun Town estuviera abierto a todos los hijos de Dios, como prometía el doctor King. «Seguro que podré entrar gratis todos los días durante un mes entero», le decía a su abuela tumbado en la alfombra de la salita mientras reseguía con el pulgar un trozo deshilachado.

La abuela Harriet había rescatado la alfombra del callejón que había detrás del hotel Richmond tras la última renovación del establecimiento. El buró del cuarto de ella, la mesita junto a la cama de Elwood y tres lámparas eran también mobiliario desechado del Richmond. Harriet había trabajado desde los catorce años en el hotel, donde su madre formaba parte del personal de limpieza. Cuando Elwood empezó la secundaria, el señor Parker, gerente del hotel, dejó bien claro que lo contrataría como botones cuando él quisiera, porque era un chico listo, pero se llevó una desilusión cuando el muchacho entró a trabajar en el estanco del señor Marconi. Parker siempre había sido amable con la familia, incluso después de tener que despedir a la madre de Elwood por robar.

A Elwood le gustaba el Richmond y le caía bien el señor Parker, pero añadir una cuarta generación a las cuentas del hotel le inquietaba de un modo que no acertaba a explicar. Incluso antes de las enciclopedias. Cuando era más pequeño, al salir del colegio iba al Richmond y se sentaba sobre una caja de fruta a leer cómics y libros de los Hardy Boys en la cocina del hotel, mientras su abuela ordenaba y fregaba en el piso de arriba. Como los padres de Elwood no estaban, ella prefería tener a su nieto de nueve años cerca en vez de solo en la casa. Ver a Elwood con los cocineros y camareros le llevaba a pensar que aquellas tardes eran una especie de escuela en sí mismas, y que al chico le hacía bien estar rodeado de hombres. Cocineros y camareros adoptaron al crío como mascota; jugaban al escondite con él, le metían en la cabeza chirriantes ideas sobre temas diversos: las costumbres de los blancos, cómo tratar a una chica de vida alegre, maneras de esconder dinero en casa… La mayor parte del tiempo, Elwood no entendía lo que le decían aquellos hombres, pero siempre asentía valientemente antes de volver a sus historietas.

A veces, cuando el ajetreo disminuía, Elwood retaba a los lavaplatos para ver quién era más rápido secando la vajilla, y los hombres solían hacer grandes aspavientos de bienintencionada decepción ante la superior destreza del chaval. Les gustaba ver su sonrisa y el extraño placer que le causaba salir vencedor. Pero luego hubo cambios. Los nuevos hoteles del centro les robaban personal, iban y venían cocineros, algunos camareros no regresaron cuando la cocina volvió a abrir una vez reformada tras las inundaciones. Con el cambio de personal, las carreras de Elwood dejaron de ser una simpática novedad para convertirse en un timo de lo más mezquino; alguien les sopló a los últimos lavaplatos que el nieto de una de las chicas de limpieza te hacía el trabajo si le decías que era un juego, ya lo verás. ¿Quién era aquel chico tan serio que merodeaba por allí mientras el resto se mataba a trabajar y al que el señor Parker daba palmaditas en la cabeza como si fuera un maldito cachorro, y el chaval leyendo tebeos como si nada le preocupara? El nuevo personal de cocina tenía otras lecciones que impartir a una mente joven: cosas que habían aprendido del mundo y de la vida. Elwood no entendió que la premisa de la competición había cambiado. Cuando los desafiaba, todos intentaban disimular la risa.

Elwood tenía doce años cuando aparecieron las enciclopedias. Uno de los mozos encargados de recoger las mesas entró en la cocina arrastrando una pila de cajas y propuso una asamblea. Elwood se coló. Las cajas contenían una serie de enciclopedias que un viajante había dejado en una de las habitaciones de arriba. Se contaban maravillas de las cosas de valor que los blancos ricos se dejaban en el hotel, pero era bastante extraño que semejante botín llegara a los dominios inferiores. Barney, el jefe de cocina, abrió la caja superior y sacó el tomo repujado en piel de la *Enciclopedia Universal Fisher, Aa-Be.* Le pasó el libro a Elwood, y a este le sorprendió lo mucho que pesaba, era un tocho con las páginas ribeteadas en rojo. El chico empezó a hojearlo. Las entradas —«Ágora», «Argonauta», «Arquímedes»— estaban impresas en una letra muy menuda, y enseguida se imaginó sentado en el sofá de la salita, copiando las que más le gustaran; palabras que le llamasen la atención al verlas en la página o al intentar pronunciarlas mentalmente.

Cory, el mozo, les ofreció su hallazgo, pues no sabía leer ni entraba en sus planes aprender a hacerlo. Elwood pujó por el lote. Dado el tipo de personas que trabajaban en la cocina, costaba pensar que alguien de allí quisiera las enciclopedias. Pero entonces Pete, uno de los nuevos lavaplatos, le propuso una carrera.

Era un texano desgarbado que llevaba trabajando allí dos meses, contratado como ayudante de camarero, pero tras varios incidentes lo habían relegado a la cocina. Solía mirar hacia atrás cuando trabajaba, como si temiera estar siendo observado, y aunque hablaba poco tenía una risa áspera que con el tiempo provocó que los otros hombres de la cocina le hicieran objeto de sus bromas. Pete se limpió las manos en el pantalón y dijo:

—Tenemos tiempo antes de la cena, si estás dispuesto.

La cocina organizó un verdadero campeonato. Alguien trajo un cronómetro y se lo pasó a Len, el camarero de pelo entrecano que llevaba trabajando más de veinte años en el hotel. Era un hombre muy meticuloso con su uniforme negro de servir y sostenía que nadie en todo el comedor iba mejor vestido que él, poniendo en evidencia a los clientes blancos. Con su atención al detalle, era el árbitro ideal. Se dispusieron dos pilas de cincuenta platos cada una, tras un buen enjabonado que Elwood y Pete supervisaron personalmente. Dos mozos actuaron como padrinos de ese duelo, listos para proporcionar trapos secos de recambio cuando los rivales así lo solicitaran. Un vigía apostado en la puerta de la cocina debía avisar si aparecía por allí algún jefe del hotel.

Aunque no era muy dado a la jactancia, Elwood jamás había perdido una competición de secado en cuatro años y se le notaba en la cara que confiaba en la victoria. A Pete se le veía muy concentrado. Elwood no pensaba que el texano pudiera ganarle, pues ya le había vencido en anteriores competiciones. En líneas generales, Pete era un buen perdedor.

Len empezó la cuenta atrás desde diez, y los contendientes se pusieron a secar platos. Elwood se ciñó al método que había ido perfeccionando con los años; su manera de secar era mecánica y suave. Nunca se le había resbalado un plato húmedo de las manos ni había desportillado ninguno dejándolo apresuradamente sobre la encimera. Mientras el resto de los presentes los animaban a gritos, el montón de Pete empezó a preocupar a Elwood. El texano parecía desplegar nuevos recursos, su velocidad de secado era extraordinaria. Los espectadores emitían ruiditos de sorpresa. Elwood aceleró, concentrado en la imagen de las enciclopedias en la salita de su casa.

Entonces Len dijo:

—¡Alto!

Elwood ganó por un solo plato. Los hombres prorrumpieron en vítores y carcajadas, intercambiando miradas cuyo significado Elwood solo comprendería más adelante.

Uno de los mozos, Harold, le dio una palmada en la espalda.

—Está visto que has nacido para lavar platos —dijo, y todos rieron.

Elwood devolvió el tomo *Aa-Be* a su caja. Era un curioso premio.

—Te lo has ganado —dijo Pete—. Espero que des un buen uso a esos libros.

Elwood pidió al jefe de mantenimiento que le comunicara a su abuela que se iba a casa. Estaba impaciente por ver la cara que pondría cuando viera las enciclopedias en la estantería, aquellos tomos tan elegantes y distinguidos. Salió del hotel encorvado, arrastrando las cajas hasta la parada del autobús. Observarlo desde el otro lado de la calle —aquel muchacho serio acarreando el peso del saber del mundo— era como presenciar una escena que bien podría haber ilustrado Norman Rockwell, si Elwood hubiera tenido la piel clara.

Una vez en casa, retiró los Hardy Boys y los Tom Swift de la estantería pintada de verde que había en la salita y empezó a sacar libros de las cajas. Se detuvo en el tomo *Ga*, curioso por ver qué habrían puesto los expertos de la editorial Fisher sobre el término «galaxia». Las páginas estaban en blanco: todas ellas. Los tomos de la primera caja estaban en blanco salvo el que había examinado en la cocina del hotel. Abrió las otras dos cajas, ahora muy acalorado. Todos los libros estaban vacíos de letras.

Cuando la abuela llegó a casa, meneó la cabeza y le dijo a Elwood que quizá eran ejemplares defectuosos, o de muestra, que los vendedores enseñaban a los clientes potenciales para que pudieran ver cómo quedaría todo el lote en sus hogares. Aquella noche, en la cama, los pensamientos de Elwood crepitaban y zumbaban como un artilugio mecánico. Se le ocurrió que tanto el ayudante de camarero como el resto del personal de cocina debían de saber que los libros estaban vacíos, y que le habían montado aquel numerito.

Con todo, decidió conservar los libros en la estantería. Tenían un aspecto imponente, incluso cuando la humedad empezó a cebarse en las cubiertas. También el cuero era de mentirijillas.

La siguiente tarde fue la última que Elwood pasó en la cocina. Todo el mundo le miraba con exagerada atención. Cory le puso a prueba preguntando «¿Qué te han parecido esos libros?», y esperó a ver cómo reaccionaba. Pete, junto al fregadero, mostraba una sonrisa que parecía hecha con un cuchillo. Lo sabían. La abuela se mostró de acuerdo en que ya era lo bastante mayor para quedarse solo en casa. Durante toda la secundaria, Elwood no dejó de darle vueltas al asunto de si los lavaplatos le habían dejado ganar siempre. Él, tan tonto e inocente como era, se había ufanado de su habilidad para secar platos. No llegó a una conclusión clara hasta que estuvo en la Nickel, cuando la verdad de aquellas competiciones se le hizo ineludible.

2

Decir adiós a la cocina significó despedirse también de su otro juego, uno que mantenía en secreto: cada vez que la puerta del comedor se abría, él apostaba a ver si habría algún cliente de raza negra. El caso *Brown vs. la Junta Nacional de Educación* estableció que los centros educativos estaban obligados a no segregar; era solo cuestión de tiempo que los muros invisibles se vinieran abajo. La noche en que anunciaron por la radio el fallo del Tribunal Supremo, su abuela lanzó un grito como si alguien le hubiera derramado sopa caliente en el regazo. Luego se recompuso, se enderezó el vestido y dijo:

—Ese Jim Crow no se va a escabullir. El muy malvado.

Al día siguiente salió el sol y todo parecía igual que antes. Elwood preguntó a su abuela cuándo empezaría a haber huéspedes negros en el Richmond, y ella le respondió que una cosa es decirle a la gente que haga lo que está bien y otra que la gente lo haga. Como prueba de ello, mencionó varios detalles de la conducta de Elwood, quien no pudo sino asentir con la cabeza. Tal vez fuera así, pero tarde o temprano la puerta se abriría y habría allí una cara de color chocolate —un atildado empresario de Tallahassee en visita de negocios, o una elegante señora que estuviera de paso para conocer la ciudad—, disfrutando de la aromática comida que los cocineros solían preparar. A él no le cabía ninguna duda. El juego empezó cuando Elwood tenía nueve años, y tres años más tarde las únicas personas de color que pudo ver en el comedor del hotel solo llevaban platos o copas o un mocho. Elwood nunca dejó de jugar hasta que sus tardes en el Richmond tocaron a su fin. No quedó claro si su adversario en aquella partida era su propia estupidez o la testaruda constancia del mundo.

No era el señor Parker el único que veía en Elwood a un empleado de pro. Muchos blancos le hacían ofertas de trabajo, sabedores de que era un muchacho diligente y con la cabeza sobre los hombros, o al menos reconociendo que se comportaba de forma distinta a los muchachos de color de su edad y tomando eso por diligencia. El señor Marconi, propietario del estanco de Macomb Street, venía observando a Elwood desde que era un niño de pecho que berreaba dentro de un cochecito medio oxidado. La madre de Elwood era una mujer flaca de ojos oscuros y cansados que nunca movía un dedo para calmar a su bebé. Solía comprar un montón de revistas sobre cine y salía de la tienda mientras el pequeño continuaba desgañitándose sin parar.

El señor Marconi abandonaba lo menos posible su puesto junto a la caja registradora. Rechoncho y siempre sudoroso, con un tupé caído y un fino bigote negro, al caer la tarde estaba ya inevitablemente desgreñado. Su tónico capilar volvía el aire acre, y en las tardes calurosas el hombre dejaba a su paso una intensa estela aromática. Desde su silla, el señor Marconi vio crecer a Elwood e inclinarse hacia su propio sol, apartándose de los muchachos del barrio que alborotaban, armaban jaleo en los pasillos del estanco y se metían caramelos Red Hots en los bolsillos del pantalón de peto cuando pensaban que el señor Marconi no estaba mirando. Pero él lo veía todo y no decía nada.

Elwood pertenecía a la segunda generación de clientes de Frenchtown. El señor Marconi había abierto su tienda unos meses después de que se inaugurara la base del ejército en el 42. Soldados negros tomaban el autobús en el campamento Gordon Johnston o en el aeródromo militar Dale Mabry, ponían Frenchtown patas arriba todo el fin de semana y luego volvían hechos polvo a sus cuarteles para seguir la instrucción. Marconi tenía parientes que habían abierto negocios en el centro y les había ido bien, pero un blanco que entendiera los aspectos económicos de la segregación podía obtener pingües beneficios. El estanco de Marconi estaba unas puertas más allá del hotel Bluebell. El bar Tip Top y el billar de Marybelle estaban a la vuelta de la esquina. Marconi se sacaba un buen dinero vendiendo tabacos de diversas clases y preservativos Romeo.

Una vez terminada la guerra, Marconi trasladó puros y tabaco a la trastienda, pintó de blanco las paredes y añadió expositores de revistas, caramelos a un centavo y una nevera para refrescos, lo que contribuyó a mejorar la fama del establecimiento. Contrató a un ayudante. No necesitaba empleados, pero a su mujer le gustaba decir que él tenía un empleado, y Marconi supuso que de este modo un segmento refinado de la población negra de Frenchtown pensaría que la tienda era más accesible.

Elwood tenía trece años cuando Vincent, el reponedor de toda la vida de la tienda de tabacos, se enroló en el ejército. Vincent nunca había sido un empleado muy servicial, pero sí rápido y pulcro, dos cualidades que el señor Marconi valoraba en los demás, ya que no en sí mismo. El último día de Vincent, Elwood se entretuvo en el expositor de los cómics, como hacía muchas tardes. Tenía la curiosa costumbre de leerse un cómic de cabo a rabo antes de comprarlo, y siempre compraba todos los que elegía. El señor Marconi le preguntó por qué se tomaba la molestia de leerlos si al final los iba a comprar tanto si eran buenos como si no, y Elwood le dijo: «Es para asegurarme». El tendero le preguntó si necesitaba un empleo. Elwood cerró el número de *Journey into Mystery* que tenía en las manos y le respondió que primero tendría que hablarlo con su abuela.

Harriet tenía una larga lista de normas sobre lo que era aceptable y lo que no, y a veces a Elwood no le quedaba más remedio que cometer un error para saber a qué atenerse. Esperó hasta que terminaron de cenar el bagre frito con guarnición de acederas y su abuela se levantó para recoger la mesa.

En este caso, Harriet no mostró ninguna reticencia pese a que su tío Abe había sido fumador de puros y fíjate lo que le pasó, pese a la historia de Macomb Street como laboratorio de vicios diversos, y pese a que veinte años atrás ella había convertido el maltrato por parte de un dependiente italiano en un preciado resentimiento.

—Seguramente no son parientes —dijo mientras se secaba las manos—. Como mucho, primos lejanos.

Harriet dejó que su nieto trabajara en Marconi's al salir de la escuela y los fines de semana. Se quedaba la mitad de la paga semanal para gastos de la casa y la otra mitad para estudios superiores. El verano anterior Elwood le había hablado, sin venir a cuento y sin imaginar la trascendencia de sus palabras, de ir a la universidad. El caso *Brown vs la Junta Nacional de Educación* fue un giro inesperado, pero que alguien de la familia de Harriet aspirara a una educación superior era todo un milagro. Cualquier recelo en relación con la tienda de tabacos se vino abajo ante semejante idea.

Elwood ordenaba los periódicos y los cómics del expositor metálico, quitaba el polvo a las golosinas menos populares y se aseguraba de que las cajas de puros estuvieran dispuestas según las teorías de Marconi sobre el empaquetado y cómo este estimulaba «la parte feliz del cerebro humano». Elwood no dejó de leer los cómics, ahora con la cautela con que uno manejaría un cartucho de dinamita, pero las revistas ejercían sobre él una atracción gravitatoria especial. Se dejó atrapar por el lujoso influjo de *Life*. Cada jueves un camión blanco traía toda una pila de *Life*. (Elwood aprendió a reconocer el sonido de sus frenos.) Una vez clasificadas las devoluciones y expuestos los ejemplares nuevos, se encaramaba a la escalera de mano para seguir las últimas incursiones de la revista en los más recónditos lugares del país.

Conocía la lucha de los negros en Frenchtown, allí donde terminaba su barrio y empezaba la ley de los blancos. Los reportajes fotográficos de *Life* lo transportaban a los principales frentes, a boicots en Baton Rouge contra los autobuses, a sentadas en Greensboro, donde los líderes del movimiento eran jóvenes no mucho mayores que él. Los dispersaban a manguerazos y les pegaban con barras metálicas, amas de casa blancas les escupían airadas, todo ello congelado por la cámara en imágenes de noble resistencia pasiva. Los pequeños detalles eran una maravilla: cómo las corbatas de los jóvenes permanecían tiesas como flechas negras en medio del tumulto, cómo las ondas de los perfectos peinados de las jóvenes flotaban contra el fondo de las pancartas de protesta. Sin perder del todo su glamour, incluso cuando la sangre les caía a regueros por la cara. Jóvenes caballeros desafiando a dragones. Elwood era un chico de espaldas estrechas, flaco como un pichón, y le preocupaba mucho la seguridad de sus gafas, que eran caras y en sus sueños imaginaba que le rompían a golpes de porra, barra de hierro o bate de béisbol, pero aun así quería apuntarse. No tenía elección.

Hojear revistas en los momentos de poca actividad en el estanco le sirvió para concretar el modelo de hombre en que deseaba convertirse, separándolo de la clase de chico de Frenchtown que él no quería ser. Desde siempre, su abuela había procurado que no se mezclara con los chicos del vecindario, a los que consideraba unos holgazanes y unos bravucones. Como la cocina del hotel Richmond, el estanco de Marconi era terreno seguro. Todo el mundo sabía que Harriet era estricta con su nieto, y los otros padres del trecho de Brevard Street donde vivían contribuyeron a hacer de Elwood un caso aparte al ponerlo como ejemplo a seguir. Cuando los chicos con quienes solía jugar a indios y vaqueros lo perseguían de vez en cuando por la calle o le lanzaban piedras, lo hacían menos por malicia que por rencor.

En el estanco entraba gente de su manzana a cada momento, y de este modo sus mundos se traslapaban. Una tarde sonó la campanilla sobre la puerta y apareció la señora Thomas.

—Hola, señora Thomas —dijo Elwood—. Ahí tiene naranjada fresca si quiere.

—Pues creo que tomaré una poca, El —dijo la mujer.

Muy entendida en las últimas modas, la señora Thomas llevaba ese día un vestido amarillo de lunares hecho en casa, copiado de un reportaje sobre Audrey Hepburn que había visto en una revista. Era muy consciente de que pocas mujeres del barrio podrían haber llevado un vestido así con tanto aplomo, y cuando se quedaba allí quieta, de pie, casi parecía que estuviera posando, expuesta al fogonazo de los flashes.

De joven, la señora Thomas había sido la mejor amiga de Evelyn Curtis. Uno de los primeros recuerdos de Elwood era estar sobre el regazo de su madre un día de mucho calor mientras ellas jugaban al gin rummy. Él no paraba quieto, intentando ver las cartas de su madre, y ella le decía que hiciera el favor de no enredar, que bastante calor hacía ya. Y cuando su madre se levantó para ir al excusado, la señora Thomas le dio a Elwood unos sorbos de su naranjada, pero al verle después la lengua teñida de naranja, Evelyn les dio una pequeña reprimenda mientras a ellos se les escapaba la risa. Elwood tenía muy presente aquel día.

La señora Thomas abrió el bolso para pagar dos refrescos y el número de *Jet* de esa semana.

—¿Llevas los deberes al día, El?

—Sí, señora.

—Procuro no darle demasiado trabajo —dijo el señor Marconi.

—Mmm —dijo la señora Thomas, en un tono de recelo. Las señoras de Frenchtown no olvidaban la mala fama que en otro tiempo había tenido el estanco y consideraban al italiano cómplice de sus desgracias hogareñas—. Tú sigue haciendo lo que tienes que hacer, El.

Cogió el cambio y fue hacia la puerta. Elwood la vio partir. Su madre los había abandonado a los dos; podía ser que le enviara a su amiga alguna postal desde algún sitio, aunque a Elwood nunca se acordaba de escribirle. Tal vez un día la señora Thomas le contaría novedades.

El señor Marconi tenía siempre *Jet*, naturalmente, y también *Ebony*. Elwood le convenció para que pidiera *The Crisis*, el *Chicago Defender* y otros periódicos negros. Su abuela y sus amigas estaban suscritas, y a Elwood le parecía raro que en la tienda no los vendieran.

—Tienes razón —dijo un día el señor Marconi, y se pellizcó el labio—. Creo que antes los teníamos. No sé qué debió de pasar.

—Estupendo —dijo Elwood.

Hacía ya tiempo que al señor Marconi habían dejado de importarle las peculiaridades de sus clientes, pero Elwood recordaba muy bien qué traía a cada uno de ellos al estanco. Vincent, su predecesor, animaba a veces el ambiente con un chiste verde, pero no podía decirse que tuviera mucha iniciativa. Elwood, en cambio, la tenía a espuertas y no dejaba de recordarle al señor Marconi qué proveedor les había traído de menos en el último pedido de tabaco o qué clase de caramelos no hacía falta reponer. Al señor Marconi le costaba diferenciar a las señoras de color de Frenchtown (todas ellas le miraban invariablemente con malos ojos), y Elwood resultó ser un embajador competente. Marconi observaba al muchacho cuando estaba absorto en sus lecturas, intentando entender qué era lo que le empujaba a ser así. No había duda de que su abuela era muy estricta, eso por un lado. El muchacho era inteligente y trabajador y hacía honor a su raza, pero por otro lado podía ser muy duro de mollera para las cosas más tontas. No sabía cuándo era mejor no intervenir y mantenerse al margen. Como en el asunto del ojo morado.

Los chicos, fueran de la raza que fuesen, birlaban caramelos. El propio señor Marconi, en su desbocada juventud, había cometido toda clase de locuras. Uno pierde un cierto porcentaje aquí y allá, pero eso entra en los gastos generales; los chicos roban una chocolatina hoy pero gastan dinero en la tienda durante años. Y eso vale para ellos y también para sus padres. Échalos a la calle por una nadería y enseguida se corre la voz, especialmente en un barrio como aquel, donde todo el mundo está al corriente de todo, y luego los padres dejan de ir a la tienda porque se sienten avergonzados. Permitir esos pequeños hurtos era casi una inversión, tal como él lo veía.

Trabajar en Marconi's hizo que Elwood empezara a ver las cosas desde otra perspectiva. Antes sus amigos se jactaban de haber birlado tal o cual golosina, desternillándose y haciendo insolentes globos rosas de chicle Bazooka una vez que estaban lo bastante lejos del estanco. Elwood no participaba en los hurtos, pero nunca había puesto mala cara. Cuando entró a trabajar en la tienda, el señor Marconi le explicó su postura respecto a los chicos que tenían la mano muy larga, además de indicarle dónde estaba la fregona y qué días recibían los pedidos grandes. Pasaron los meses, y a Elwood no se le escapaban los hurtos de golosinas por parte de chicos a los que conocía, chicos que incluso le guiñaban un ojo si los pillaba en plena faena. Durante el primer año no dijo nada, pero el día en que Larry y Willie cogieron aquellos caramelos de limón aprovechando que el señor Marconi se había agachado un momento detrás del mostrador, Elwood no pudo aguantarse.

—Dejad eso donde estaba.

Los chicos se pusieron rígidos. Larry y Willie conocían a Elwood de toda la vida. Habían jugado a las canicas y al pilla-pilla con él cuando eran pequeños, aunque la cosa se acabó el día en que Larry prendió fuego en el solar vacío de Dade Street y dejó a Willie dos veces colgado. Harriet los puso a ambos en la lista negra. Las familias de los tres vivían en el Frenchtown desde hacía varias generaciones. La abuela de Larry pertenecía al mismo grupo de la iglesia que Harriet, y el padre de Willie había sido amigo de la infancia del padre de Elwood, Percy. Se habían alistado juntos en el ejército. El padre de Willie se pasaba el día en el porche de su casa, sentado en una silla de ruedas y fumando en pipa, y siempre saludaba a Elwood cuando lo veía pasar.

—Dejad eso donde estaba.

El señor Marconi ladeó la cabeza: Bueno, ya basta. Los chicos devolvieron los caramelos a su sitio y salieron de la tienda echando pestes.

Conocían la ruta que hacía Elwood. Alguna vez, cuando pasaba en bici frente a la ventana de Larry, se habían mofado de él por ser tan mojigato. Aquel día le dieron un susto. Se estaba haciendo de noche y el aroma de las magnolias se mezclaba con el penetrante olor a cerdo frito. Lo derribaron, a él y a la bici, al suelo de la calle que el condado había tenido a bien asfaltar aquel invierno. Los chicos le destrozaron el jersey, le tiraron las gafas al suelo. Mientras le pegaban, Larry le preguntó si es que no tenía dos dedos de frente; Willie declaró que había que darle una buena lección, y se puso a ello. Elwood recibió unos cuantos tortazos, tampoco nada del otro mundo. No soltó una sola lágrima. Cuando se topaba con dos niños peleando en la calle, era de los que solía intervenir para poner paz. Y ahora le estaban atizando de lo lindo. Un viejo que estaba en la otra acera se acercó para separarlos y le preguntó a Elwood si quería lavarse un poco o beber un vaso de agua. Elwood declinó el ofrecimiento.

La cadena de la bici se había salido y tuvo que ir andando con ella hasta su casa. Harriet le preguntó por el ojo morado, pero no quiso insistir cuando él negó con la cabeza. Por la mañana, el bulto amoratado de debajo se había convertido en una burbuja de sangre.

A Larry no le faltaba razón, tuvo que admitir Elwood: de vez en cuando parecía que no tuviera dos dedos de frente. No sabía explicarlo, ni siquiera a sí mismo, hasta que *At Zion Hill* le proporcionó el lenguaje necesario. «Tenemos que creer con toda nuestra alma que somos alguien, que somos importantes, que valemos, y tenemos que caminar a diario por las calles de la vida con este sentido de dignidad y este sentido de ser alguien.» El disco daba vueltas y vueltas, como un argumento que volviera siempre a su irrefutable premisa, y las palabras del doctor King resonaban en la salita de la pequeña vivienda. Elwood se regía por un código; el doctor King dio forma, articulación y significado a ese código. Hay fuerzas grandes empeñadas en tener sometidos a los negros, como las leyes Jim Crow, y hay fuerzas pequeñas empeñadas en tenerte sometido, como otras personas, y enfrente de todo esto, de las fuerzas grandes y las pequeñas, tienes que plantar cara y atenerte al sentido de quién eres. Las enciclopedias están vacías. Hay personas que te engañan, que te entregan vacío con una sonrisa en los labios, mientras que otras te roban tu amor propio. Debes recordar quién eres.

«Este sentido de dignidad.» La manera como el doctor lo decía, entre el crepitar del vinilo: una fortaleza inalienable. Aunque las consecuencias acecharan en esquinas oscuras mientras volvías a casa. Le pegaron y le destrozaron la ropa y no entendieron por qué quería proteger a un blanco. ¿Cómo hacerles ver que sus transgresiones contra el señor Marconi eran insultos al propio Elwood, se tratara de una piruleta o de un tebeo? No porque quien agrediera a su hermano lo agredía también a él, como decían en la iglesia, sino porque, desde su punto de vista, no hacer nada era socavar su dignidad personal. Al margen de que el señor Marconi le hubiera dicho que le daba lo mismo; al margen de que Elwood nunca les hubiera afeado el gesto a sus amigos cuando robaban delante de sus narices. No tenía ningún sentido hasta que lo tuvo, y era el único que podía tener.

Ese era Elwood: tan válido como el que más. El día en que lo arrestaron, momentos antes de que apareciera el ayudante del sheriff, sonó por la radio un anuncio de Fun Town, y Elwood se puso a tararear la musiquita. Recordó que Yolanda King tenía seis años cuando su padre le contó la verdad sobre el parque de atracciones y la orden de los blancos que le prohibía entrar en aquel mundo. Obligada a mirar siempre desde el otro lado de la cerca. Elwood tenía seis años cuando sus padres se largaron, y él pensó que esa era otra cosa que lo vinculaba a Yolanda, porque fue cuando despertó al mundo.

3

El primer día del curso, los alumnos del instituto Lincoln recibían sus nuevos libros de texto de segunda mano del instituto para blancos que había en la acera de enfrente. Sabiendo adónde iban a parar los libros, los alumnos blancos no se privaban de dejar mensajes para los nuevos propietarios: «¡Así te atragantes, negrata!»; «Apestas»; «Cómete un cagarro». Septiembre era como un tutorial sobre los últimos epítetos de la juventud blanca de Tallahassee, que, al igual que los peinados y el largo de las faldas, variaban de año en año. Era humillante abrir un libro de biología, mirar la página del sistema digestivo y enfrentarse a un «Ojalá te mueras, negro de mierda», pero a medida que avanzaba el curso los alumnos del Lincoln dejaban de fijarse en los insultos y las sugerencias descorteses. ¿Cómo aguantar aquello si cada vejación te lanzaba de cabeza a la cuneta? Uno aprendía a concentrarse en sus cosas.

El señor Hill entró a trabajar en el centro cuando Elwood empezó el tercer año de secundaria. Después de saludar a Elwood y al resto de los alumnos de la clase de historia, escribió su nombre en la pizarra. Luego repartió rotuladores negros y les dijo que la primera orden del día era tachar todas las palabrotas de los libros de texto.

—Eso a mí siempre me encendía —dijo—. Habéis venido aquí a aprender; lo que digan esos necios no tiene por qué interesaros.

Elwood, como el resto de la clase, no acababa de decidirse. Todos miraron sus libros y luego al profesor, pero finalmente

plice cuando intervenía en clase. El resto del profesorado del instituto Lincoln tenía desde siempre en gran estima a aquel muchacho debido a su temperamento sereno. A los que habían sido profesores de sus padres años atrás les costaba catalogarlo; puede que llevara el apellido de su padre, pero no tenía ni pizca del salvaje encanto de Percy, ni tampoco la desconcertante melancolía de Evelyn. El señor Hill se sentía agradecido por las contribuciones de Elwood cuando toda la clase estaba adormilada por culpa del calor vespertino y el chico sacaba a relucir «Arquímedes» o «Amsterdam» en el momento clave. Solo tenía un tomo utilizable de la *Enciclopedia Universal Fisher*, así que procuraba sacarle provecho. ¿Qué otra cosa podía hacer? Mejor eso que nada. Saltando de una página a otra, manoseándolo a base de bien, revisitando las partes que más le gustaban igual que con sus libros de aventuras. Como cuento, la enciclopedia era embrollada e incompleta, pero aun así lo tenía enganchado. Elwood anotaba en su cuaderno las partes buenas, definiciones y etimología. Más adelante, aquel hurgar en las sobras le parecería patético.

Al final de su primer año en el instituto, Elwood pareció el candidato óptimo para protagonizar la obra que cada año se representaba el día de la Emancipación. Hacer el papel de Thomas Jackson, el hombre que comunica a los esclavos de Tallahassee que ya son libres, fue un aprendizaje para la versión de sí mismo que estaba a la vuelta de la esquina. Elwood confirió a su personaje la misma seriedad que ponía en todo cuanto se le encomendaba. En la obra, Thomas Jackson era un trabajador que escapaba de una plantación de azúcar para alistarse en el ejército de la Unión poco después de estallar la guerra, y que regresaba a casa convertido en estadista. En cada nueva representación anual, Elwood aportaba nuevos gestos y nuevas inflexiones; los discursos perdían rigidez conforme el actor insuflaba al personaje sus propias convicciones. «Tengo el sumo placer de informarles, damas y caballeros, de que ha llegado el momento de quitarse el yugo de la esclavitud y ocupar el lugar que nos corresponde como verdaderos estadounidenses. ¡Por fin!» La autora de la obra, una profesora de biología, había intentado evocar la magia de su primer y único viaje a Broadway años atrás.

En los tres años en que Elwood interpretó el papel, la única constante fue su nerviosismo en el momento del clímax, cuando Jackson tenía que besar en la mejilla a su amada. Iban a casarse, y se daba por sentado que vivirían felices y engendrarían hijos en el nuevo Tallahassee. Tanto si el papel de Marie-Jean lo representaba Anne, con sus pecas y su dulce cara de luna, o Beatrice, cuyos dientes de caballo se le montaban sobre el labio inferior, o, en su última actuación, Gloria Taylor, que medía un palmo más que él y le obligó a ponerse de puntillas, a Elwood se le encogía el estómago y le entraba mareo. Todas las horas de lectura en el estanco Marconi's le habían preparado para soltar discursos de altos vuelos, pero no para actuar con las bellezas morenas del instituto Lincoln, tanto dentro como fuera del escenario.

El movimiento sobre el que leía y que alimentaba sus fantasías estaba muy lejos... pero fue acercándose poco a poco. En Frenchtown hubo manifestaciones, solo que Elwood era demasiado pequeño para participar. Tenía diez años cuando aquellas dos chicas de la Universidad A&M de Florida propusieron boicotear los autobuses. La abuela Harriet no entendió en un principio a santo de qué querían organizar semejante jaleo en su ciudad, pero al cabo de unos días iba al hotel en coche compartido como todos los demás. «El condado de Leon se ha vuelto loco —decía—, ¡y yo también!» Por fin, aquel invierno, los autobuses de la ciudad dejaron de estar segregados. Harriet subió a uno y vio a un conductor de raza negra al volante. Se sentó donde quiso.

Cuatro años más tarde, cuando unos estudiantes tomaron la decisión de sentarse en la zona restaurante de Woolworths, Elwood se acordó de la risa socarrona de su abuela dando su aprobación. No solo eso, sino que la mujer aportó cincuenta centavos para su defensa legal cuando el sheriff los metió en el calabozo. Y cuando las manifestaciones perdieron fuerza, ella continuó haciendo boicot a los comercios del centro, aunque no estaba muy claro cuánto había en ello de solidaridad y cuánto de protesta personal contra sus elevados precios. En la primavera del 63 corrió el rumor de que unos jóvenes universitarios iban a formar piquetes delante del cine Florida para que se permitiera la entrada a los negros. Elwood tenía buenos motivos para pensar que su abuela se sentiría orgullosa de él por tomar parte.

Se equivocaba. Harriet Johnson era un colibrí de mujer que todo lo hacía con una furiosa determinación. Si algo merecía la pena —trabajar, comer, hablar con otra persona—, merecía la pena hacerlo en serio o dejarlo correr. Debajo de la almohada guardaba un machete de cortar caña de azúcar para defenderse de los intrusos, y a Elwood le costaba imaginar que su abuela le tuviera miedo a nada. Sin embargo, el miedo era precisamente lo que la impulsaba.

Sí, Harriet se había sumado al boicot a los autobuses. Tenía que hacerlo: no podía permitirse ser la única mujer de Frenchtown que tomara el transporte público. Pero se echaba a temblar cada vez que Slim Harrison se detenía al volante de su Cadillac del 57 y ella montaba en la parte de atrás junto con las otras señoras que se dirigían al centro. Cuando empezaron las sentadas, Harriet dio gracias a que nadie esperara de ella un gesto público. Las sentadas eran cosa de jóvenes y ella no tenía valor para eso. Actúa por encima de tu condición social y lo pagarás caro. Tanto si era Dios quien se enojaba con ella por coger más de lo debido, como si era el blanco que le enseñaba a no pedir más migajas que las que él le daba, Harriet acababa pagando. Su padre había pagado caro el no apartarse del camino de una señora blanca en Tennessee Avenue. Su esposo, Monty, lo pagó caro por dar un paso al frente. El padre de Elwood, Percy, se llenó hasta tal punto de ideas cuando estuvo en el ejército que a su regreso no había espacio en Tallahassee para todo lo que tenía en la mollera. Y ahora Elwood. Ella había comprado aquel disco de Martin Luther King por diez centavos a un vendedor ambulante, justo enfrente del Richmond, y maldita la hora en que se le ocurrió hacerlo. Porque aquel disco no era más que un montón de ideas.

Trabajar duro era una de las principales virtudes, porque el trabajo duro no dejaba tiempo para manifestaciones o sentadas. Elwood no iba a complicarse la vida metiéndose en aquel lío del cine Florida, dijo su abuela. «Tú has quedado con el señor Marconi para trabajar en su tienda al salir de clase. Si tu jefe no puede fiarse de ti, nunca conservarás un empleo.» El deber podría protegerle a él, como le había protegido a ella.

Un grillo que había debajo de la casa empezó a alborotar. Bien podrían haberle cobrado un alquiler, tanto era el tiempo que llevaba allí metido. Elwood levantó la vista del libro de ciencias naturales y dijo: «Vale». La tarde siguiente le pidió al señor Marconi un día libre. Aparte de dos días que estuvo enfermo y algunas visitas a familiares, Elwood no había faltado nunca al trabajo en los tres años que llevaba en la tienda.

El señor Marconi no puso ningún reparo; ni siquiera levantó los ojos de su folleto con la información sobre las carreras de caballos.

Elwood se puso los pantalones oscuros de su última actuación en la obra del instituto. Había crecido unos centímetros desde entonces, de modo que sus calcetines blancos asomaban un poquito por debajo. Un alfiler nuevo de color esmeralda sujetaba su corbata negra; hacer el nudo le costó solo seis intentos. Los zapatos relucían de betún. Estaba a la altura de la situación, si bien continuaban preocupándole las gafas en caso de que la policía sacara porras. O de que los blancos llevaran bates de béisbol y barras de hierro. Desechó aquellas imágenes de gente ensangrentada que había visto en periódicos y revistas y se remetió la camisa por el pantalón.

Elwood oyó los cánticos al llegar a la altura de la gasolinera Esso de Monroe Avenue. «¿Qué queremos? ¡Libertad! ¿Cuándo la queremos? ¡Ya!» Los estudiantes de la A&M desfilaban en círculos sinuosos frente al cine Florida enarbolando pancartas y eslóganes bajo la marquesina. Ese día ponían *The Ugly American*; si uno tenía setenta y cinco centavos y la piel clara, podía ver a Marlon Brando. El sheriff y sus ayudantes estaban apostados en la acera: gafas de sol, brazos cruzados. Detrás de ellos, un grupo de blancos abucheaba y se mofaba, y más blancos llegaban a la carrera para sumarse al grupo. Elwood mantuvo la vista baja al rodearlos y luego se metió en la fila de los manifestantes, detrás de una chica mayor que él con un suéter a rayas. La chica le sonrió, asintiendo con la cabeza como si le hubiera estado esperando.

Elwood se tranquilizó una vez dentro de la cadena humana y coreó las consignas con los demás. TODOS IGUALES BAJO LA LEY. ¿Dónde había metido su pancarta? De tanto concentrarse en el atuendo, había olvidado el atrezzo. Pero no habría estado a la altura de la perfecta rotulación de los chicos mayores; ellos ya tenían práctica. NUESTRA CONSIGNA ES LA NO VIOLENCIA. GANAREMOS POR AMOR. Un chico de corta estatura y cráneo rapado portaba una que decía: QUIÉN ES AQUÍ EL AMERICANO FEO, en medio de un abanico de signos de interrogación como de dibujos animados. Alguien agarró del hombro a Elwood. Pensó que vería abatirse sobre él una llave inglesa, pero era su profesor de historia. El señor Hill le invitó a sumarse a un grupo de mayores del instituto Lincoln. Bill Tuddy y Alvin Tate, dos chicos del equipo de baloncesto, le estrecharon la mano. Hasta entonces nunca le habían hecho el menor caso. Elwood se había mostrado tan reservado respecto a su sueño de participar en el movimiento que nunca se le ocurrió que otros chicos del instituto pudieran compartir su necesidad de manifestarse.

Un mes más tarde el sheriff arrestaba a unos doscientos manifestantes acusados de desacato a la autoridad, arrastrándoles por el cuello de la camisa entre efluvios de gas lacrimógeno, pero aquella primera marcha se saldó sin incidentes. Para entonces, a los estudiantes de la FAMU se les habían unido los de la Melvin Griggs Technical. Chicos blancos de la Universidad de Florida y la Estatal de Florida. Manos diestras del Congreso por la Igualdad Racial. Aquel día, algunos blancos jóvenes y viejos les increparon, pero nada que Elwood no hubiera oído que le gritaban desde automóviles cuando iba en bici por la calle. Uno de los chicos blancos de cara rubicunda se parecía a Cameron Parker, el hijo del gerente del Richmond, y pudo confirmarlo al pasar frente a él en la siguiente ronda. Hacía unos años habían hecho trueque de cómics en el callejón de detrás del hotel. Una bombilla de flash explotó delante de su cara y Elwood se sobresaltó, pero era un fotógrafo del *Register*, periódico que su abuela se negaba a leer porque trataba el tema racial de manera muy tendenciosa. Una joven universitaria embutida en un suéter azul le pasó una pancarta que rezaba SOY UN HOMBRE, y cuando la protesta se trasladó al otro cine, el State, Elwood la sostuvo en alto y coreó orgulloso la consigna. En el State estaban poniendo *El día que Marte invadió la Tierra*, y esa noche Elwood pensó que en un solo día había cubierto una distancia sideral.

Al cabo de tres días Harriet lo llamó a capítulo; alguien de su círculo le había visto en la protesta y ese fue el tiempo que tardó en llegarle a ella la noticia. No zurraba a su nieto con un cinturón desde hacía años, aparte de que Elwood había crecido mucho, así que recurrió a una vieja receta de la familia Johnson del trato de silencio, una receta que se remontaba a la posguerra civil y cuyo objetivo era que la víctima de semejante trato acabara sintiéndose completamente anulada. Harriet le prohibió utilizar el tocadiscos, y luego, sabedora de la capacidad de resistencia de la nueva generación de color, trasladó el aparato a su dormitorio y le puso encima unos cuantos ladrillos. Tanto ella como él sufrieron calladamente.

Transcurrida una semana, las cosas habían vuelto a la rutina, pero Elwood estaba cambiado. Se sentía «más cerca». En la manifestación se había sentido, de alguna manera, «más cerca» de sí mismo. Fue solo un momento. Estando allí al sol. Suficiente para alimentar sus sueños. Tan pronto entrara en la universidad y pudiera abandonar aquella casucha de Brevard Street, empezaría a vivir su vida. Llevar a una chica al cine –lo de ponerse trabas a sí mismo se había acabado– y decidir qué estudios iba a seguir en la universidad. Buscar su hueco en la cola de jóvenes soñadores entregados al enaltecimiento de la raza negra.

Aquel último verano en Tallahassee pasó volando. El último día de curso el señor Hill le pasó un libro de James Baldwin, *Notes of a Native Son*, y a Elwood se le revolucionó el cerebro. «Los negros son estadounidenses y su destino es el destino del país.» No se había manifestado frente al cine Florida para defender sus derechos o los de la raza negra de la que formaba parte, no; se había manifestado por los derechos de todos, incluso de los blancos que le abucheaban a gritos. Mi lucha es tu lucha, tu carga es la mía. Pero ¿cómo decirle eso a la gente? Se quedaba despierto hasta muy tarde escribiendo cartas sobre la cuestión racial al director del *Tallahassee Register*, que no las publicaba, y al del *Chicago Defender*, que sí le publicó una. «Les preguntamos a los mayores: ¿Aceptaréis nuestro reto?» No hablaba de ello con nadie, tímido como era, y las cartas iban firmadas con el seudónimo Archer Montgomery. Sonaba elegante y anodino a la vez, y no cayó en la cuenta de que estaba usando el nombre de su difunto abuelo hasta que lo vio impreso en el periódico.

Aquel mes de junio el señor Marconi se convirtió en abuelo, un hito que puso al descubierto nuevas facetas del italiano. El estanco se convirtió en escenario de entusiasmo paternal. Los largos silencios dieron paso a lecciones sobre sus tribulaciones como inmigrante y a extravagantes consejos empresariales. Le dio por echar el cierre una hora antes a fin de estar con su nieta, pero seguía pagándole el turno completo. En esas ocasiones, Elwood se llegaba hasta las pistas de baloncesto para ver si había alguien jugando. Se limitaba a mirar y nada más, pero haber participado en las protestas lo había vuelto menos tímido e hizo unos cuantos amigos en las bandas, chavales de dos calles más allá de la suya a quienes conocía de vista pero con los que nunca había hablado. Otras veces iba al centro con Peter Coombs, un chico del barrio que tenía el visto bueno de Harriet porque tocaba el violín y era también aficionado a la lectura. Cuando Peter no tenía ensayo, entraban en las tiendas de discos y miraban a hurtadillas las carátulas de elepés que no les estaba permitido comprar.

—¿Qué es «Dynasound»? —preguntó un día Peter.

¿Un nuevo estilo musical? ¿Una manera diferente de escuchar la música? Estaban los dos perplejos.

Alguna tarde de mucho calor, chicas de la FAMU entraban en la tienda de Marconi a tomarse un refresco, universitarias que se estaban manifestando frente al cine Florida. Elwood les pedía noticias sobre las protestas, y ellas se alegraban de que las hubiera relacionado con aquello y fingían reconocerlo. Más de una le dijo que habían pensado que él ya iba a la universidad. Elwood se tomaba esos comentarios como cumplidos, ornamentos para alimentar sus sueños de irse de casa. El optimismo le volvía tan maleable como aquellos caramelos masticables que guardaban en el mostrador bajo la caja registradora. Se sentía ya preparado cuando aquel mes de julio apareció el señor Hill en la tienda y le propuso algo.

Elwood, al principio, no le reconoció. Sin una de sus vistosas pajaritas, con una camisa a cuadros de color naranja abierta para dejar ver la camiseta y unas gafas de sol a la última moda, el señor Hill tenía la pinta de alguien que no pensara en trabajar no ya durante semanas, sino durante meses. Hill saludó a su antiguo alumno con la perezosa campechanería de quien tiene todo un verano libre por delante. Le dijo que era la primera vez en años que no iba a viajar en verano. «Aquí tengo mucho de lo que ocuparme», añadió con un gesto de cabeza hacia la calle. Fuera le esperaba una mujer joven tocada con un sombrero flexible de paja, una mano muy delgada haciendo visera sobre los ojos.

Elwood le preguntó al señor Hill si deseaba alguna cosa.

—He venido a verte a ti, Elwood. Un amigo mío me habló de una oportunidad y enseguida pensé en ti.

Un profesor universitario, camarada suyo de los viajeros por la libertad, había conseguido colocarse en la Melvin Griggs Technical, la universidad para negros al sur de Tallahassee, donde llevaba tres años dando clases de literatura inglesa y norteamericana. El nuevo rector tenía intención de cambiar la dinámica del centro, que funcionaba bastante mal desde hacía tiempo. En teoría los cursos de Melvin Griggs estaban abiertos a alumnos de secundaria con un alto rendimiento académico, pero las familias de la zona no estaban al corriente de ello. El rector de la universidad se lo comentó al amigo del señor Hill, y este al propio Hill: ¿No habría en el Lincoln alumnos destacados que pudieran estar interesados?

Elwood apretó con fuerza el palo de la escoba.

—Sería estupendo —dijo—, pero no sé si tenemos dinero para pagar ese tipo de cursos.

Luego se reprocharía el haber dicho eso. ¿Acaso no había estado ahorrando precisamente para estudiar en la universidad? ¿Qué más daba que aún no hubiera terminado el instituto?

—Por eso mismo te lo decía, Elwood: los cursos son gratuitos. Al menos lo serán este próximo otoño, para que así vaya corriendo la voz en la comunidad.

—Tendré que preguntárselo a mi abuela.

—Pues claro, Elwood —dijo el señor Hill—. Y si quieres puedo hablar yo también con ella. —Le puso una mano en el hombro—. Lo importante aquí es que esto sería ideal para ti. Al fin y al cabo, estos cursos se pensaron para estudiantes como tú.

Aquella tarde, mientras perseguía por toda la tienda a un insidioso moscardón, Elwood se dijo que en Tallahassee no debía de haber muchos chicos blancos que tuvieran un nivel universitario. «El que se rezaga en una carrera debe permanecer siempre atrás o correr más rápido que el que va en cabeza.»

Harriet no puso el menor reparo al ofrecimiento del señor Hill; la palabra «gratis» era una varita mágica. A partir de ahí, para Elwood el verano se movió más lento que una tortuga de ciénaga. Como el amigo del señor Hill enseñaba inglés, Elwood pensó que tendría que apuntarse a un curso de literatura, pero incluso después de saber que podía elegir lo que más le gustara, decidió ceñirse a esa asignatura. El curso de introducción a escritores británicos no parecía muy práctico, como le señaló su abuela, pero precisamente por ello le atraía de un modo especial. Hacía demasiado tiempo que se regía por motivos prácticos.

Tal vez los libros de texto de la universidad fueran nuevos. Sin mácula. Sin palabras que tachar. Era muy posible.

El día antes de su primera clase universitaria, el señor Marconi llamó a Elwood a la caja registradora. Elwood tenía que faltar al trabajo los jueves para poder ir a la universidad, y supuso que su jefe quería asegurarse de que todo estuviera en orden en su ausencia. El italiano carraspeó un poco y le pasó un estuche de terciopelo.

—Para tus estudios —le dijo.

Se trataba de una pluma estilográfica de color azul oscuro con adornos de latón. Un bonito regalo, aunque el señor Marconi hubiera conseguido un descuento porque el dueño de la papelería era cliente habitual. Se estrecharon la mano como dos hombres.

Harriet le deseó suerte. Cada mañana le pasaba revista para asegurarse de que estuviera presentable, pero aparte de quitarle una pelusa aquí o allá nunca tuvo que corregir su atuendo. Aquel día no fue una excepción. «Estás muy elegante, El», le dijo. Le dio un beso en la mejilla antes de encaminarse hacia la parada del autobús, encorvando los hombros como hacía siempre que intentaba no llorar delante de su nieto.

Elwood tenía tiempo de sobra después del instituto para ir a la facultad, pero estaba tan ilusionado por ver Melvin Griggs por primera vez que se puso en marcha enseguida. Desde la noche del ojo a la funerala, su bicicleta tenía dos remaches de la cadena rotos y esta se soltaba casi siempre que hacía un trayecto largo, así que decidió hacer autostop o recorrer los doce kilómetros a pie. Cruzaría la verja de Melvin Griggs, exploraría el campus, vagaría entre los numerosos edificios o se sentaría sin más en un banco al borde del patio, regodeándose en la contemplación de todo aquello.

Esperó en la esquina de Old Bainbridge a que pasara un conductor negro rumbo a la carretera principal. Pasaron de largo dos camionetas, y luego aminoró la marcha un Plymouth Fury verde del 61, con su carrocería baja y sus aletas como un siluro gigante. El conductor se inclinó para abrir la puerta del lado del acompañante.

—Voy hacia el sur —dijo.

El asiento de vinilo verde y blanco crujió cuando Elwood se deslizó sobre él.

—Rodney —dijo el hombre.

Era de complexión ancha pero robusta, una versión negra de Edward G. Robinson. Su traje a rayas gris y morado completaba el conjunto. Cuando Rodney le estrechó la mano, los anillos que llevaba en los dedos se le hincaron en la carne y Elwood soltó un respingo.

—Elwood.

Se puso la cartera entre las piernas y contempló el salpicadero futurista del Plymouth, todos aquellos botones que asomaban de la carcasa plateada.

Se dirigieron hacia la carretera del condado 636. Rodney intentó encender la radio sin conseguirlo.

—Siempre me da problemas. A ver, prueba tú.

Elwood le dio a los botones y encontró una emisora de R&B. A punto estuvo de mover el dial, pero allí no estaba la abuela Harriet para chasquear la lengua por el doble sentido de las letras; las explicaciones que ella le daba de las mismas siempre le dejaban entre perplejo y dubitativo. No tocó la emisora: sonaba un grupo de *doo-wop*. Rodney usaba el mismo tónico capilar que el señor Marconi y el olor acre impregnaba toda la cabina. Elwood pensó que ni en su día de fiesta se libraba de aquel pestazo.

Rodney regresaba de Valdosta de visitar a su madre. Dijo que no había oído hablar de Melvin Griggs, lo cual mermó un poco el orgullo que Elwood sentía ante su gran día.

—La universidad —dijo Rodney, y lanzó un silbido entre dientes—. Yo empecé a trabajar en una fábrica de sillas con catorce años —añadió.

—Yo trabajo en un estanco —dijo Elwood.

—Seguro que sí —dijo Rodney.

El locutor recitó de un tirón la información para la feria del domingo siguiente. Luego pusieron un anuncio de Fun Town y Elwood se puso a tararear la melodía.

—¿Y ahora qué pasa? —dijo Rodney.

Expulsó ruidosamente el aire y soltó un taco. Se pasó la mano por las narices.

La luz roja del coche de policía giró en el retrovisor.

Estaban en pleno campo y no había más coches. Rodney murmuró algo mientras se arrimaba a la cuneta. Elwood se puso la cartera en el regazo. Rodney le dijo que estuviera tranquilo.

El agente blanco aparcó unos cuantos metros más atrás y caminó hacia ellos con la mano izquierda sobre la pistolera. Se quitó las gafas de sol y las introdujo en el bolsillo de su pechera.

Rodney dijo:

—Tú no me conoces, ¿verdad?

—No —respondió Elwood.

—Le diré eso.

El agente ya había sacado su arma.

—Es lo primero que he pensado cuando me han dicho que estuviera atento a un Plymouth —dijo—. Que solo a un negro se le ocurriría robarlo.

SEGUNDA PARTE

4

Después de que el juez sentenciara enviarlo a la Nickel, a Elwood le quedaron tres últimas noches en casa. El coche se presentó el martes a las siete de la mañana. El oficial del juzgado era un buen chico con una poblada barba rústica y unos andares de resaca. La camisa le iba pequeña y la presión contra los botones hacía que pareciera estar acolchado. Eso sí, era blanco e iba armado, de modo que a pesar de su desaliño transmitía ciertas vibraciones. A lo largo de la calle había hombres mirando desde sus porches, fumando y agarrados a la barandilla como si temieran caerse de cabeza. Los vecinos espiaban desde detrás de sus ventanas, asociando aquella escena a sucesos de antaño, cuando se llevaban a un chico o a un hombre y no era alguien que vivía en la acera de enfrente, sino un familiar. Hermano, hijo.

El oficial del juzgado removía un palillo entre los dientes cuando hablaba, que no era muy a menudo. Esposó a Elwood a una barra metálica que había detrás del asiento delantero y luego no dijo esta boca es mía durante cuatrocientos cuarenta kilómetros.

Llegaron a Tampa y, cinco minutos después, el oficial se estaba peleando con el funcionario de la cárcel. Había habido un error: los tres chicos debían ir a la Academia Nickel y el de color tenía que haber sido recogido el último, no el primero. A fin de cuentas, Tallahassee estaba a solo una hora de camino del reformatorio. ¿No le parecía raro ir paseando al chico arriba y abajo del estado como un yoyó?, preguntó el funcionario. A todo esto, tenía ya la cara muy colorada.

—Yo solo he leído lo que ponía el papel —dijo el oficial.

—Va por orden alfabético —replicó el funcionario.

Elwood se frotó la marca que le habían dejado las esposas en las muñecas. Habría jurado que el banco de la sala de espera era un banco de iglesia, porque la forma era idéntica. Media hora después estaban otra vez en la carretera. Franklin T. y Bill Y.: alfabéticamente distantes y de temperamentos incluso más lejanos. Desde la primera mirada ceñuda, Elwood pensó que los dos chicos blancos que estaban a su lado eran tipos duros. Franklin T. tenía la cara más pecosa que había visto en su vida, la tez muy bronceada y el cabello pelirrojo cortado al rape. Iba todo el rato cabizbajo, mirándose los pies, pero cuando levantaba la vista y clavaba los ojos en alguien lo hacía con furia. Por su parte, Bill Y. tenía los ojos cárdenos allí donde le habían pegado, su mirada era espeluznante. Sus labios estaban hinchados, llenos de costras. La marca de nacimiento marrón con forma de pera que tenía en la mejilla derecha añadía otro matiz de color a su rostro moteado. Soltó un bufido al mirar un momento a Elwood, y cada vez que sus piernas se rozaban durante el trayecto, Bill apartaba la suya como si hubiera tocado un tubo de calefacción al rojo.

Al margen de cómo fueran sus vidas, al margen de lo que hubiera hecho cada uno para que lo mandaran a la Nickel, los encadenaron a los tres por igual y con el mismo destino. Al cabo de un rato, Franklin y Bill intercambiaron información. Era la segunda vez que enviaban a Franklin a la Nickel. La primera había sido por rebeldía; ahora por absentismo escolar. Se ganó una buena zurra por mirar demasiado a la mujer de uno de los jefes del centro, pero aparte de eso, suponía, el sitio no estaba mal del todo. Así al menos se libraba de su padrastro. A Bill lo había criado su hermana y empezó a andar con malas compañías, «manzanas podridas», según lo expresó el juez. Rompieron el escaparate de una farmacia, pero Bill salió bien librado. Lo mandaban a la Nickel porque tenía solo catorce años; al resto de la pandilla los enviaban al correccional de Piedmont.

El oficial informó a los chicos blancos de que estaban sentados con un ladrón de automóviles y Bill se rio.

—Bueno, yo solía mangar coches cada dos por tres —dijo—. Deberían haberme pillado por eso, y no por una tontería de escaparate.

Cerca ya de Gainesville se desviaron de la interestatal. El oficial paró a fin de que todos pudieran bajar a mear y luego repartió unos emparedados de mostaza. No volvió a esposarlos cuando regresaron al coche. Dijo que sabía que no se iban a escapar. No pasó por Tallahassee, sino que rodeó la ciudad tomando la carretera secundaria, como si el lugar ya hubiera dejado de existir. No reconozco ni los árboles, se dijo a sí mismo Elwood cuando llegaron al condado de Jackson. Estaba cada vez más deprimido.

Echó una ojeada a la escuela y pensó que Franklin quizá tenía razón: la Nickel no estaba tan mal. Esperaba encontrar muros altos de piedra coronados de alambre de espino, pero no había muros de ninguna clase. El campus estaba meticulosamente cuidado, una profusión de exuberante verde salpicado de edificios de ladrillo rojo de dos y tres plantas. Cedros y hayas, tan altos como añosos, dibujaban sombras en el suelo. Era la finca más bonita que Elwood había visto nunca, una escuela de verdad, y de las buenas, no el lúgubre reformatorio que él se había imaginado durante las últimas semanas. Como una broma de mal gusto, las imágenes se cruzaron en su mente con las que había visualizado del Melvin Griggs Technical, descontando unas cuantas estatuas y columnas.

Recorrieron en coche la larga avenida hasta el edificio principal y Elwood divisó un campo de fútbol americano donde unos chicos gritaban y se trababan en una melé. Él se los había imaginado cargados de bolas y cadenas, una visión sacada de los dibujos animados, pero aquellos chavales lo estaban pasando en grande, correteando como locos por la hierba.

—Qué bien —dijo Bill, complacido.

Estaba claro que a él también le había tranquilizado el espectáculo.

—No te hagas ilusiones —dijo el oficial—. Si los monitores no te atropellan o la ciénaga no se te traga...

—Hacen venir a esos perros que tienen en la prisión de Apalachee —dijo Franklin.

—Tú procura ir trampeando e irás trampeando —dijo el oficial.

Una vez dentro del edificio, el oficial hizo señas a una secretaria, que los condujo a un cuarto pintado de amarillo con archivadores de madera en todas las paredes. Las sillas estaban dispuestas como en un aula de colegio y los chicos tomaron asiento muy distanciados los unos de los otros. Elwood, por la fuerza de la costumbre, eligió la primera fila. Todos se pusieron de pie cuando entró el superintendente Spencer.

Maynard Spencer era un blanco de cincuenta años largos y algunas canas en su pelo negro muy corto. Un auténtico «castigador», según la expresión que Harriet solía utilizar, que se movía con un aire de determinación, como si lo ensayara todo delante de un espejo. Su angosta cara de mapache hizo que Elwood se fijara en la diminuta nariz, en las oscuras ojeras bajo los ojos, en las espesas y erizadas cejas. Spencer era muy puntilloso con su uniforme azul oscuro de la Nickel; cada pliegue de sus prendas parecía lo bastante afilado como para cortar, como si él fuera un cuchillo andante.

Spencer saludó con un gesto de cabeza a Franklin, que agarró con fuerza los bordes de su pupitre. El supervisor reprimió una sonrisa, como si hubiera sabido que aquel chico iba a volver. Luego apoyó la espalda en la pizarra, cruzó los brazos y dijo:

—Habéis llegado bastante tarde, así que no me extenderé mucho. Todos los que están aquí es porque no han sabido cómo comportarse entre personas decentes. No pasa nada. Esto es una escuela, somos profesores. Os enseñaremos a hacer las cosas como todos los demás.

»Ya sé que has oído esto antes, Franklin, pero es evidente que no te hizo efecto. Puede que esta vez sí te lo haga. Bien, ahora los tres sois Gusanos. Aquí tenemos cuatro niveles de conducta; se empieza como Gusano y luego viene Explorador, Pionero y As. Para subir en el escalafón hay que ganar puntos por portarse como es debido. Se trata de alcanzar el nivel más alto, el de As, a fin de poder graduarse y poder volver a casa con la familia. —Hizo una pausa—. Suponiendo que os quieran tener en casa, pero eso ya es cosa vuestra.

Un As, explicó, escucha atentamente a los monitores y a su jefe de casa, cumple con su tarea sin haraganear ni escaquearse con cuentos y se aplica en los estudios. Un As no arma jaleo, no suelta tacos, no blasfema ni incordia. Trabaja para reformarse desde que sale el sol hasta que se pone.

—El tiempo que estéis en la Nickel depende de vosotros —añadió—. Aquí no nos andamos con chiquitas. Si hacéis el idiota o montáis alboroto, tenemos un sitio especial que no os va a gustar nada. De eso me encargaré personalmente.

El rostro de Spencer estaba serio, pero cuando apoyó una mano en el enorme llavero que llevaba prendido del cinturón, las comisuras de su boca parecieron retorcerse de placer, o tal vez en muestra de un sentimiento más turbio. El supervisor miró a Franklin, el chico que había vuelto a por una segunda ración de Nickel.

—Cuéntaselo tú mismo.

A Franklin se le quebró la voz cuando fue a hablar, y tuvo que recobrar la compostura antes de intentarlo de nuevo.

—Sí, señor. Aquí no hay que pasarse de la raya.

El supervisor miró uno a uno a los chicos, pareció tomar notas mentalmente y se puso de pie.

—El señor Loomis terminará de poneros al corriente —dijo.

Cuando echó a andar, su llavero tintineó como las espuelas de un sheriff en una película del Oeste.

Loomis, un blanco joven de aspecto huraño, apareció minutos después y los condujo al sótano, que era donde guardaban los uniformes del centro. Pantalones vaqueros, camisas grises de faena y zapatos marrones de cordones ocupaban las estanterías, ordenados por tallas. Loomis les dijo que buscaran cada cual la suya, pero a Elwood le indicó la sección para negros, donde estaba el material más raído y gastado. Se cambiaron los tres de ropa. Elwood dobló su camisa y su pantalón de peto y los metió en la bolsa de lona que había traído de casa. Dentro tenía dos jerséis y el traje que llevaba en la obra del día de la Emancipación, para ir a la iglesia. Ni Franklin ni Bill habían traído nada.

Mientras se cambiaban, Elwood procuró no mirar las señales que los otros dos tenían en el cuerpo. Ambos mostraban largas hileras de cicatrices y lo que parecían quemaduras. Después de ese día, Elwood ya no volvió a verlos más. En el centro había más de seiscientos alumnos; los blancos iban al pie de la colina y los negros a lo alto.

De vuelta en la sala de ingreso, los chicos esperaron a que sus jefes de casa fueran a buscarlos. El primero en aparecer fue el de Elwood. Era un hombre rollizo, de cabellos blancos, piel oscura y unos ojos grises y alborozados. Así como Spencer era severo e intimidante, Blakeley tenía un carácter suave y agradable. Estrechó afectuosamente la mano de Elwood y le dijo que estaba al mando de Cleveland, la residencia a la que lo habían asignado.

Fueron al bloque de los chicos de color. Elwood se tranquilizó un poco. Tenía miedo de caer en un sitio regentado por hombres como Spencer y lo que eso podía suponer —estar vigilado por gente que gustaba de proferir amenazas y se regodeaba viendo el efecto que producían en los demás—, pero tal vez el personal de raza negra velara por sus compañeros de color. Incluso si resultaban ser tan malvados como los blancos, Elwood era un chico que jamás se había permitido incurrir en el tipo de mal comportamiento que causaba problemas a otros. Se consoló con la idea de que solo tenía que seguir haciendo lo que siempre había hecho: portarse bien.

No había muchos alumnos a la vista. Tras las ventanas de los edificios se veía movimiento, y Elwood supuso que sería la hora de cenar. Los pocos chicos negros con los que se cruzaron por el sendero hormigonado saludaron a Blakeley con respeto y apenas si repararon en Elwood.

Blakeley dijo que llevaba once años trabajando allí, «desde los viejos malos tiempos hasta ahora». La escuela, explicó, tenía su filosofía: poner el destino de los chicos en sus propias manos.

–Vosotros os encargáis de todo –dijo–. Cocer los ladrillos de todos estos edificios que ves, preparar el hormigón, cuidar de toda esta hierba... Y hacerlo bien, como puedes apreciar.

El trabajo, añadió, mantenía equilibrados a los chicos, y de paso aprendían cosas útiles para el futuro. La imprenta de la Nickel, por ejemplo, hacía todas las publicaciones del gobierno de Florida, desde los reglamentos tributarios hasta las ordenanzas para construcción de edificios, pasando por los tickets de aparcamiento.

–Aprender cómo se realizan esos grandes pedidos y asumir vuestra porción de responsabilidad. Esos son conocimientos que os valdrán para toda la vida.

Todos los chicos debían asistir a clase, dijo Blakeley, eso era obligado. Otros reformatorios tal vez no conseguían ese equilibrio entre reforma y educación, pero en la Nickel se aseguraban de que ninguno de sus pupilos se quedara atrás. Había clases un día sí y otro no, alternando con cuadrillas de trabajo. Los domingos, día libre.

El jefe reparó en cómo cambiaba la expresión de Elwood.

–¿Te esperabas otra cosa? –dijo.

–Yo este año iba a hacer un curso universitario –dijo Elwood.

Era octubre; ahora estaría en pleno semestre.

–Háblalo con el señor Goodall –dijo Blakeley–. Da clases a los chicos mayores. Seguro que podréis llegar a algún acuerdo. –Sonrió–. ¿Has trabajado alguna vez en el campo? –En las más de quinientas hectáreas de terreno cultivaban un poco de todo: limas, boniatos, sandías–. Yo me crie en una granja

—añadió Blakeley—. La mayoría de estos chicos es la primera vez que se ocupan de algo.

—Sí, señor —dijo Elwood.

Había una etiqueta o algo en la camisa que no paraba de pincharle el cogote.

Blakeley se detuvo.

—Si sabes cuándo hay que decir «Sí, señor», que es siempre, entonces no tendrás ningún problema, muchacho. —Aseguró estar al corriente de la «situación» de Elwood; su entonación envolvió la palabra en un aura de eufemismo—. Aquí muchos chicos se agobian, les viene grande. Esto es una oportunidad para recapacitar, centrarse y salir a flote.

Cleveland era idéntica al resto de las residencias del campus: ladrillo hecho en la Nickel y cubierta metálica pintada de verde, y alrededor setos de boj asomando como garras de la tierra roja. Blakeley hizo entrar a Elwood y enseguida quedó en evidencia que una cosa era fuera y otra muy distinta dentro. Los suelos alabeados crujían sin cesar y las paredes amarillas estaban llenas de rayajos y arañazos. El relleno se salía de los sofás y sillones tapizados de la sala de recreo. Iniciales y epítetos varios cubrían las mesas, grabados por un centenar de manos traviesas. Elwood se fijó en las tareas de limpieza que la abuela Harriet le habría ido enumerando en tono de reprimenda: los halos borrosos dejados por dedos mugrientos alrededor de pestillos de armario y pomos de puertas; las pelusas de pelo y suciedad en los rincones.

Blakeley le explicó la distribución. En la planta baja de cada residencia había una pequeña cocina, las oficinas de administración y dos grandes salas de reuniones. En la primera planta estaban los dormitorios, dos para los alumnos de mayor edad y uno para los más pequeños.

—A los pequeños los llamamos «marmotas», pero no me preguntes por qué; nadie lo sabe.

El piso de arriba era donde vivía Blakeley, y había también un lavadero y un cuarto de herramientas. Los chicos ya se estaban acostando, le explicó Blakeley. Había un buen trecho hasta el comedor y estaban recogiendo ya la cena, pero si quería algo de la cocina antes de que cerraran... En ese momento Elwood era incapaz de pensar en comida; estaba demasiado angustiado.

En el dormitorio 2 había una cama libre. Tres filas de catres sobre un suelo de linóleo azul, cada fila con diez camas, cada cama con un baúl a los pies para los objetos personales. Nadie había prestado la menor atención a Elwood camino del dormitorio, pero ahora todos lo estaban observando. Varios de los chicos intercambiaron comentarios por lo bajo mientras Blakeley conducía a Elwood a su sitio; otros se guardaron su opinión para más tarde. Había uno que parecía tener unos treinta años, pero Elwood sabía que era imposible porque al cumplir los dieciocho te echaban. Se fijó en que algunos tenían una actitud ruda, como los chicos blancos que habían venido en el coche con él desde Tampa, pero le alivió comprobar que la mayoría no se diferenciaban en nada de los chicos normales de su barrio, salvo que eran más tristes. Si aquello era lo normal, pensó, saldría adelante.

Pese a lo que había oído contar, la Nickel era efectivamente una escuela y no una cárcel siniestra para menores. Elwood había tenido bastante suerte, le dijo su abogado. En la Nickel, robar un coche estaba considerado un delito con mayúsculas. Más adelante, Elwood se enteraría de que el grueso de los alumnos estaba allí por cosas mucho menos importantes, además de vagas e inexplicables. Algunos chicos acababan en la Nickel porque, al no tener familia, el estado se hacía cargo de ellos y los enviaba allí.

Blakeley abrió el baúl para enseñarle a Elwood su pastilla de jabón y su toalla, y luego le presentó a los chicos que ocupaban las camas adyacentes, Desmond y Pat. El jefe les ordenó que le explicaran cómo iba todo. «No creáis que no os estaré vigilando», les dijo. Ambos murmuraron un «hola» y volvieron a sus cromos de béisbol tan pronto Blakeley se perdió de vista.

Elwood nunca había sido muy llorón, pero había empezado a serlo desde el momento de su detención. Las lágrimas llegaban por la noche, cuando imaginaba lo que le esperaba en la Nickel. Cuando oía sollozar a su abuela en el cuarto de al lado, dando vueltas y abriendo y cerrando cajones porque no sabía qué demonios hacer con las manos. Cuando intentaba sin éxito entender por qué su vida había tomado aquel rumbo tan nefasto. Tenía claro que era mejor que los demás chicos no le vieran llorar, de modo que se volvió hacia el otro lado, se cubrió la cabeza con la almohada y se puso a escuchar: los chistes y las burlas, las anécdotas de casa y de compinches de antaño, las infantiles conjeturas sobre cómo funcionaba el mundo y sus ingenuos planes para ganarle la partida.

Había empezado el día en su antigua vida y lo terminaba en esta. La funda de la almohada olía a vinagre, y en la noche las cigarras y los grillos emitían sus chirridos en oleadas, primero flojo y luego fuerte, y vuelta a empezar.

Elwood ya dormía cuando comenzó otro tipo de alboroto. Venía de fuera, una ráfaga y un ruido como de succión, amenazador y mecánico, que no daba pista alguna acerca de su origen. Elwood no supo de qué libro la había sacado, pero le vino a la cabeza esta palabra: «torrencial».

En el otro extremo del dormitorio una voz dijo: «A alguien le van a dar un helado», y varios chicos rieron con disimulo.

5

Elwood conoció a Turner el segundo día de su estancia en la Nickel, que fue también el día en que descubrió el lúgubre propósito de aquel ruido.

–Los negros suelen aguantar semanas enteras antes de venirse abajo –le explicó después el tal Turner–. No vayas tan de niño bueno, El.

Un cornetín los despertaba casi todas las mañanas con su brusco toque de diana. Blakeley llamaba ruidosamente a la puerta del dormitorio 2 y gritaba: «¡Todo el mundo en pie!». Los alumnos recibían la llegada de un nuevo día en la Nickel con gruñidos y palabrotas. Formaban en fila de a dos para que les pasaran lista y luego venían los dos minutos de ducha, durante los cuales los chicos se enjabonaban furiosamente con aquel jabón blanquecino antes de que se les acabara el tiempo. A Elwood se le dio bien reprimir su sorpresa ante la ducha comunitaria, pero tuvo menos éxito a la hora de ocultar su horror ante el agua helada, que era cruel y minuciosa. Lo que salía de las cañerías apestaba a huevos podridos, al igual que todo el que se duchara con aquella agua hasta que su piel se secara.

–Ahora toca desayuno –dijo Desmond.

Era el chico de la cama contigua a la de Elwood, y parecía esforzarse por cumplir la orden que Blakeley le había dado la noche anterior. Desmond tenía la cabeza redonda, mofletes de bebé y un vozarrón que sobresaltaba a todos la primera vez que lo oían, de grave y ronca como era. Se lo pasaba en grande asustando con ella a los marmotas, hasta que un día un supervisor con una voz aún más fuerte que la suya le dio un buen susto y ahí terminó todo.

Elwood le repitió cómo se llamaba, pensando en empezar de cero su relación.

—Ya me lo dijiste anoche —dijo Desmond. Se ató los cordones de sus zapatos marrones, que estaban impecablemente lustrados—. Cuando llevas un tiempo aquí, se supone que debes echar una mano a los Gusanos y así ganar puntos. Yo ya voy camino de ser Pionero.

Recorrió con Elwood los cuatrocientos metros hasta el comedor, pero en la cola se separaron y Elwood no pudo verle cuando buscó un sitio donde sentarse. En el comedor había mucho ruido y alboroto, todos los chicos de Cleveland desplegando su ración matinal de burradas. Elwood volvía a ser invisible. Divisó un asiento libre en una de las largas mesas. Cuando ya se acercaba, un chico dio una palmada en el banco y dijo que el sitio estaba ocupado. La mesa siguiente era de alumnos más pequeños, pero cuando Elwood dejó su bandeja le miraron como si le faltara un tornillo.

—No se permite que los grandes se sienten a una mesa de pequeños —le dijo uno.

Elwood se apresuró a sentarse en el siguiente sitio libre que encontró, y para esquivar los murmullos de desaprobación decidió no establecer contacto visual, solo desayunar. Las gachas llevaban un montón de canela para disimular el horripilante sabor. Elwood tragó sin más. Estaba terminando de pelar la naranja cuando finalmente levantó la vista hacia el chico que tenía enfrente y que llevaba observándole todo el rato.

Lo primero que le llamó la atención fue la muesca que tenía en la oreja izquierda, como la de un gato callejero que soliera enzarzarse en peleas de callejón.

—Cualquiera diría que esas gachas te las ha hecho tu mamá —dijo el chico.

Qué se creía este, hablándole de su madre.

—¿Qué pasa?

—No me has entendido, hombre. Quería decir que nunca he visto a nadie comerse las gachas con esas ganas… como si te gustaran.

Lo segundo que advirtió fue su enigmática conciencia de sí mismo. En el comedor reinaban el bullicio y el ajetreo que era de esperar, pero aquel chico parecía habitar su propio espacio de calma. Con el tiempo, Elwood comprobó que siempre se encontraba a gusto fuera cual fuese la circunstancia, pero que simultáneamente parecía situarse al margen; dentro y al mismo tiempo por encima de la situación: aparte y formando parte. Como el tronco de árbol que queda atravesado en el cauce de un arroyo: no es ese su sitio, pero tampoco es como si nunca hubiera estado allí, creando sus propias ondas en la corriente.

Dijo que se llamaba Turner.

—Yo me llamo Elwood. De Tallahassee. Del Frenchtown.

—Frenchtown…

Un chico que estaba en la misma mesa parodió la voz de Elwood, dándole un toque afeminado, y sus amigos rieron con ganas.

Eran tres. Al más corpulento lo había visto la noche anterior, era aquel chico que parecía demasiado mayor para estar en la Nickel. El gigante se llamaba Griff; aparte de su aspecto de hombre mayor, tenía también un torso enorme y el porte encorvado de un gran oso pardo. Contaban que el padre de Griff estaba en una cadena de presidiarios en Alabama por matar a la madre de Griff, o sea que lo de ser malo le venía de herencia. Sus compinches eran del tamaño de Elwood, de constitución flaca pero de ojos crueles y desquiciados. Lonnie tenía una cara de bulldog dentro de su cabeza rapada de pepino. Había conseguido que le saliera un bigotito, y cuando pergeñaba alguna maldad tenía la costumbre de atusárselo con el pulgar y el índice. El tercer componente se hacía llamar Black Mike. Era un chaval nervudo y enjuto de Opelousas que parecía tener siempre la sangre hirviendo; aquella mañana no paraba de menearse en el banco y se sentaba sobre las manos como para impedir que salieran volando. El trío presidía el extremo opuesto de la mesa; los asientos de en medio estaban vacíos porque la gente sabía que era mejor no acercarse mucho.

–No sé por qué llamas tanto la atención, Griff –dijo Turner–. Ya sabías que esta semana te tenían controlado…

Elwood supuso que se refería a los monitores; eran ocho y comían con sus pupilos, repartidos en las diferentes mesas. Era imposible que lo hubiera oído, pero el monitor que tenían más cerca levantó la cabeza y todos hicieron como si no pasara nada. Griff, el matón, le soltó un ladrido a Turner y los otros dos se echaron a reír; por lo visto, aquellos ruidos perrunos eran parte de una broma habitual. El de la cabeza rapada, Lonnie, le guiñó un ojo a Elwood y luego los tres siguieron con su reunión matinal.

–Yo soy de Houston –dijo Turner, como aburrido–. Aquello sí que es una ciudad, y no esta mierda de pueblos que hay por aquí.

–Gracias –dijo Elwood, señalando con la cabeza hacia los matones.

El chico cogió su bandeja.

–No he hecho nada.

Todo el mundo se puso en pie: hora de ir a clase. Desmond tocó a Elwood en el hombro y lo acompañó. El edificio para negros estaba colina abajo, cerca del garaje y del almacén.

–Yo antes odiaba el colegio –dijo Desmond–, pero aquí te puedes echar una buena siesta.

–Pensaba que eran muy estrictos –dijo Elwood.

–Cuando vivía en casa, si hacía novillos mi padre me pegaba una buena zurra. Pero en Nickel…

Desmond le explicó que el rendimiento académico no influía para nada en el camino hacia la graduación. Los profesores no pasaban lista ni entregaban notas. Los chicos espabilados procuraban acumular méritos; si conseguías suficientes podías salir antes por buena conducta. Trabajo, comportamiento, demostraciones de obediencia o sumisión, lo que fuera… Esas cosas contaban a la hora de tu valoración y Desmond no dejaba de tenerlas presentes. Quería volver a casa. Era de Gainesville, su padre trabajaba allí de limpiabotas. Desmond se había largado tantas veces de casa, con el escándalo consiguiente, que su padre tuvo que suplicar que lo aceptaran en la Nickel.

–Dormía muchas noches al raso, y al final mi padre pensó que aquí aprendería a valorar lo que es tener un techo sobre la cabeza.

Elwood le preguntó si eso le estaba funcionando.

Desmond miró hacia otro lado y dijo:

–Tengo que llegar a Pionero, tío.

La voz de hombre hecho y derecho, en contraste con su cuerpo canijo, hizo que su deseo sonara especialmente conmovedor.

El colegio de los negros, más viejo aún que sus dormitorios, era uno de los pocos edificios que se remontaban a los orígenes de la escuela. Había dos aulas en el piso de arriba para los marmotas y dos en la planta baja para los mayores. Desmond condujo a Elwood hasta el aula que les correspondía. Dentro había una cincuentena de pupitres apretujados. Elwood se sentó en la segunda fila y al momento se quedó horrorizado. Los carteles de las paredes mostraban a búhos con gafas recitando el alfabeto junto a vistosos dibujos de sustantivos elementales: casa, gato, granero. Cosas de críos. Peores aún que los libros de texto usados del instituto Lincoln, los libros de la Nickel eran de antes de que él naciera, ediciones antiguas que Elwood recordaba de cuando era párvulo.

Cuando entró el señor Goodall, el profesor, nadie le hizo el menor caso. Era un sexagenario de piel sonrosada, con unas gafas gruesas de montura de carey, traje de lino y una cabellera blanca que le daba un aire de erudito. Su porte académico no tardó en desaparecer. Elwood fue el único alumno a quien causaron consternación los patéticos y desganados esfuerzos del profesor; el resto se pasó la mañana haciendo el ganso o tomándole el pelo. Griff y sus compinches jugaban a las cartas en la última fila, y cuando Elwood se giró hacia Turner, lo vio leyendo un arrugado tebeo de Superman. Turner lo miró, se encogió de hombros y pasó una página. Desmond dormía a pierna suelta, con el cuello torcido en un ángulo doloroso.

Elwood, que en el estanco del señor Marconi hacía las cuentas mentalmente, se tomó como un insulto aquella rudimentaria clase de aritmética. Él tendría que estar asistiendo a clases de nivel universitario; ese era el motivo por el que lo habían pillado en aquel coche. Compartía manual con su vecino de pupitre, un chaval gordo que eructaba potentes bocanadas de su desayuno, con el que empezó un tonto juego de tira y afloja. La mayoría de los chicos de la Nickel apenas sabían leer. Mientras recitaban por turnos un fragmento del cuento que tocaba esa mañana —una tontería sobre una liebre laboriosa—, el señor Goodall no se tomó la molestia de corregirles o enseñarles la pronunciación correcta. Elwood clavó con tal precisión todas las sílabas que los que estaban a su alrededor fijaron su atención en él, curiosos por saber qué clase de chico negro era el que hablaba así.

Cuando se acercó a Goodall a la hora del almuerzo, el profesor fingió conocerle.

—Hola, muchacho, ¿en qué puedo ayudarte?

Pensó que era uno más de sus alumnos de color. Vistas de cerca, las rosadas mejillas y la nariz de Goodall mostraban bultitos y arrugas. Su sudor, agravado por la botella de la noche anterior, despedía un vapor dulzón.

Elwood procuró no revelar su indignación cuando le preguntó si en la Nickel había clases avanzadas para alumnos que aspiraran a cursar estudios universitarios. Él ya se sabía todo aquel material desde hacía años, explicó con humildad.

Goodall se mostró bastante afable.

—¡Desde luego! —dijo—. Se lo comentaré al director. ¿Cómo has dicho que te llamabas?

Elwood alcanzó a Desmond cuando volvían a Cleveland y le contó lo que había hablado con el profesor.

—¿Y te has creído esa mierda? –le dijo Desmond.

Después del almuerzo tocaba clase y taller de arte, pero Blakeley se llevó a Elwood aparte porque quería hacerle trabajar en una cuadrilla con varios Gusanos más. Se uniría a los otros chicos a mitad del turno, pero el trabajo de campo era una buena forma de reconocer el terreno, por decirlo de alguna manera.

—Así lo podrás ver de cerca –dijo.

Aquella primera tarde Elwood y otros cinco –marmotas, la mayoría de ellos– estuvieron en la parte del recinto para chicos de color, armados de guadañas y rastrillos. El jefe de la cuadrilla era un tal Jaimie, un chico de buen carácter con la constitución larguirucha y desnutrida común a los alumnos de la Nickel. Allí dentro lo habían hecho ir de un lado para otro: como su madre era mexicana, en el centro no sabían muy bien qué hacer con él. Cuando llegó lo pusieron con los chicos blancos, pero el primer día de trabajo en la huerta de limas se puso tan moreno que Spencer tuvo que reubicarlo con los chicos de color. Jaimie había pasado un mes en Cleveland, pero el director Hardee, en una de sus rondas, vio aquella cara más pálida entre las muy oscuras e hizo que lo devolvieran al grupo de chicos blancos. Spencer esperó el momento propicio y lo mandó de vuelta unas semanas más tarde.

—Voy de acá para allá –dijo Jaimie mientras hacía un montón de pinocha con su rastrillo. Tenía la sonrisa torcida propia de una mala dentadura–. Supongo que algún día se decidirán.

Elwood fue haciendo el recorrido por la finca mientras avanzaban cuesta arriba dejando atrás las otras dos residencias para chicos de color, las canchas de arcilla roja de baloncesto y el gran edificio de la lavandería. Desde allá arriba se podía ver casi todo el campus de los blancos por entre los árboles: las tres residencias, el hospital, las oficinas. El director del reformatorio, el señor Hardee, trabajaba en el gran edificio de color rojo con la bandera de Estados Unidos. Estaban las grandes instalaciones que blancos y negros utilizaban en horas diferentes, como el gimnasio, la capilla y el taller de carpintería. Desde aquella perspectiva, no se apreciaba diferencia entre la escuela de los blancos y la de los negros. Elwood se preguntó si la primera estaría en mejor estado, como ocurría en Tallahassee, o si la educación que daban en la Nickel era igual de raquítica para todos los chicos, independientemente del color de su piel.

Al llegar a lo alto de la loma, la cuadrilla cambió de dirección. En el otro lado de la cuesta estaba el cementerio, Boot Hill. Un murete de piedra sin labrar circundaba las cruces blancas, la maleza grisácea, los torcidos y oscilantes árboles. Dieron un amplio rodeo para evitarlo.

Jaimie le explicó que siguiendo la carretera que pasaba por el otro lado de la cuesta se llegaba a la imprenta, a las primeras granjas y finalmente a la ciénaga que limitaba la finca por su lado norte.

—No te preocupes, tarde o temprano te tocará recoger patatas —le dijo a Elwood.

Algunos rupos de alumnos iban por senderos y caminos pavimentados hacia sus respectivas labores, mientras los supervisores vigilaban aquí y allá desde sus coches oficiales. Elwood se quedó mirando, asombrado, a un chico negro de trece o catorce años que conducía un viejo tractor con un remolque de madera repleto de alumnos. El conductor tenía cara de sueño, pero se le veía sereno en su enorme asiento mientras llevaba a los chicos a la granja.

Cuando los demás chavales se ponían rígidos y paraban de hablar, era que Spencer andaba cerca.

A mitad de camino entre los dos campus había un edificio rectangular de una sola planta, bajo y escuchimizado, que Elwood supuso que sería una especie de almacén. Manchas de herrumbre como enredaderas salpicaban la pintura blanca que revestía las paredes de bloques de hormigón, pero el ribete verde de las ventanas y la puerta delantera se veía muy reciente. La pared larga tenía una ventana grande y al lado tres más pequeñas en sucesión, como mamá pato y sus patitos.

Un trecho de hierba sin segar, de un palmo de ancho, rodeaba el cobertizo. Crecía intacta y desbocada.

—¿Esa de ahí también hay que cortarla? —preguntó Elwood.

Los dos chicos que estaban junto a él sorbieron entre dientes.

—Mira, negro, uno no va ahí a menos que lo lleven —dijo uno de ellos.

El rato que quedaba antes de la cena, Elwood lo dedicó a explorar los archivadores que había en la sala de recreo de Cleveland, donde guardaban cromos, juegos y arañas. Algunos alumnos discutían sobre a quién le tocaba la mesa de pimpón, tiraban las palas hacia la red medio caída y soltaban tacos cuando erraban el golpe, el sonido hueco de las pelotas blancas como el pulso cansado de una tarde adolescente. Elwood echó un vistazo al magro surtido de la estantería de libros, los Hardy Boys y algunos cómics. Había mohosos volúmenes sobre ciencias naturales con vistas del espacio exterior y primeros planos del fondo marino. Abrió un ajedrez de cartón. Dentro había solo tres piezas: una torre y dos peones.

Pasaban chicos que iban o volvían del trabajo o de hacer deporte, o subían al dormitorio y a su particular descanso entre maldades. El señor Blakeley se detuvo junto a Elwood al pasar por la sala de recreo y le presentó a Carter, uno de los monitores negros. Era más joven que Blakeley y tenía pinta de ser un tocapelotas. Carter le dirigió un breve y ambiguo gesto de cabeza y luego ordenó a uno que estaba chupándose el pulgar en el rincón que dejara de hacerlo.

En Cleveland la mitad de los monitores eran negros y la mitad blancos.

—Que miren para otro lado o que te agobien, es cosa de cara o cruz —le explicó Desmond—, da igual del color que sean. —Estaba tumbado en uno de los sofás, la cabeza apoyada en la sección de tiras cómicas para que no tocara una mancha sospechosa en la tapicería—. La mayoría son buena gente, pero hay algunos perros rabiosos.

Desmond señaló hacia donde estaba el delegado, un alumno cuya misión consistía en anotar las infracciones y controlar la asistencia. Aquella semana el delegado de Cleveland era un chico de piel clara, rizos dorados y pie valgo a quien llamaban Birdy. Recorría la planta baja armado de tablilla y lápiz –los atributos de su oficio– tarareando la mar de contento.

–Ese te delata a la primera de cambio –dijo Desmond–, pero si tienes un buen delegado es fácil arañar unos cuantos puntos buenos para llegar a Explorador o Pionero.

Se oyó una sirena, que parecía venir del lado sur, del pie de la colina. No había forma de saber qué era. Elwood le dio la vuelta a una caja de madera y se sentó pesadamente sobre ella. ¿Dónde encajaba aquel sitio en el sendero de su vida? La pintura del techo estaba toda desconchada y la mugre de las ventanas convertía cualquier día en nublado. Elwood estaba pensando en el discurso del doctor King a los estudiantes de secundaria en Washington, D.C., cuando habló de la humillación de las leyes Jim Crow y de la necesidad de transformar esa humillación en acción. «Eso enriquecerá vuestro espíritu más que cualquier otra cosa. Os dará ese singular sentido de nobleza que solo puede surgir del amor y de ayudar desinteresadamente a vuestro prójimo. Haced de la humanidad vuestra profesión. Que sea una parte fundamental de vuestra vida.»

Estoy encerrado aquí, pero le sacaré el mejor partido que pueda, se dijo Elwood, y procuraré salir cuanto antes. En casa todos sabían que era un chico tranquilo y fiable; pues bien, la Nickel también entendería eso muy pronto. Durante la cena le preguntaría a Desmond cuántos puntos necesitaba para dejar de ser Gusano, cuánto tardaba la mayoría en progresar y graduarse. Y luego haría eso pero el doble de rápido. Sería su método de resistencia.

Con esa idea en mente, juntó las piezas de tres juegos de ajedrez para formar uno completo y ganó dos partidas seguidas.

Por qué intervino en aquella pelea en el cuarto de baño fue algo que luego no se vio capaz de responder. Seguramente era lo que habría hecho su abuelo en una de aquellas historias que le contaba Harriet: dar un paso al frente cuando veía alguna injusticia.

A Corey, el pequeño al que estaban acosando, no lo había visto nunca. A los abusones los había conocido en la mesa del desayuno: Lonnie, el de la cara de bulldog, y el chiflado de su amigo, Black Mike. Elwood fue a orinar al baño de la planta baja y se encontró con que los dos mayores tenían acorralado a Corey contra la pared de baldosas agrietadas. Tal vez fue porque, como decían los chavales de Frenchtown, Elwood no tenía dos malditos dedos de frente. Quizá fue porque los abusones eran más grandes y el otro más pequeño. Su abogado había convencido al juez para que le dejara pasar sus últimos tres días de libertad en casa; aquel día no había nadie que pudiera llevarlo a la Nickel y la cárcel de Tallahassee estaba hasta los topes. Tal vez, si hubiera pasado más tiempo en el crisol de la prisión del condado, Elwood habría sabido que es mejor no interferir en la violencia ajena, sean cuales sean los hechos subyacentes a la reyerta.

Elwood dijo «¡Eh!» y avanzó un paso. Black Mike giró en redondo, le golpeó en la mandíbula y lo hizo caer contra el lavamanos.

Otro chico, un marmota, abrió la puerta de los aseos y gritó:

—¡Hostia!

Phil, uno de los monitores blancos, pasaba por allí haciendo su ronda. Siempre parecía adormilado y acostumbraba a fingir que no veía lo que estaba pasando delante de sus narices. Desde muy joven había decidido que era mejor así. Tal como Desmond lo había descrito, la justicia en la Nickel era cosa de cara o cruz. Ese día Phil dijo:

—¿Se puede saber qué estáis haciendo, negritos?

El tono de sus palabras no parecía indicar otra cosa que curiosidad. Interpretar lo que estaba ocurriendo no formaba parte de sus atribuciones. Quién era el culpable, quién había empezado, por qué. Su trabajo consistía en mantener a raya a aquellos chavales negros y esta vez sus responsabilidades no estaban fuera de su alcance. Phil sabía cómo se llamaban los otros. Le preguntó su nombre al nuevo.

—El señor Spencer se encargará de esto —dijo, y les ordenó que se prepararan para ir a cenar.

6

A los chicos blancos les salían moretones diferentes de los de los negros y llamaban a aquel sitio la Fábrica de Helados porque salías con la cara de todos los colores. Los chicos negros lo llamaban la Casa Blanca porque era el nombre oficial y le cuadraba y no había por qué adornarlo. La Casa Blanca impartía la ley y todo quisque obedecía.

Llegaron a la una de la noche pero despertaron a pocos, porque costaba conciliar el sueño cuando sabías que iban a venir, aunque no vinieran a por ti. Los chicos oyeron el rechinar de neumáticos en la gravilla, el ruido de puertas de coche, las pisadas en los escalones de la entrada. Oír significaba ver también, en vistosas pinceladas en el lienzo de la mente. Los haces de sus linternas bailaron en la oscuridad. Sabían dónde estaba la cama de cada cual; solo había dos palmos de distancia entre catre y catre, y como alguna vez se habían equivocado de víctima, ahora se aseguraban bien de antemano. Se llevaron a Lonnie y a Big Mike, se llevaron a Corey, y también a Elwood.

Los visitantes nocturnos eran Spencer y un monitor de nombre Earl, que era grandote y expeditivo, cosa útil cuando un chaval se derrumbaba y había que enderezarlo otra vez para proseguir con la faena. Los coches oficiales eran unos Chevrolet de color marrón, los mismos que por el día rondaban por el recinto para tareas de lo más simple pero que de noche presagiaban lo peor. Spencer llevó a Lonnie y a Black Mike, y Earl a Elwood y a Corey, que no había parado de llorar en toda la noche.

Nadie cruzó palabra con Elwood durante la cena, como si lo que estaba por venir pudiera contagiarlos. Algunos cuchicheaban al verle pasar —«Vaya idiota»— y los matones le lanzaban miradas, pero sobre todo había una opresiva sensación de amenaza y nerviosismo en la residencia que no cesó hasta que se llevaron de allí a los cuatro. Solo entonces pudieron tranquilizarse los demás, e incluso hubo algunos que lograron dormir bien.

Cuando se apagaron las luces, Desmond le susurró a Elwood que cuando empezara la cosa lo mejor era no moverse. La correa tenía una muesca que se te clavaba y te rajaba la piel si no te estabas quieto. En el coche, Corey había pronunciado un ensalmo —«Aguanto y no me muevo, aguanto y no me muevo»—, o sea que quizá era verdad. Elwood no le preguntó a Desmond cuántas veces había estado allí, porque el chico se calló después de darle aquel consejo.

Originalmente, la Casa Blanca había sido una caseta para talleres. Aparcaron en la parte de atrás y Spencer y su ayudante los hicieron bajar. La entrada de las palizas, la habían bautizado los chicos. Cuando pasabas por la carretera, el edificio no llamaba la atención. Spencer encontró rápidamente la llave correspondiente en su enorme llavero y abrió los dos candados. El pestazo era brutal: a orines y otras cosas que habían ido impregnando el hormigón. Una solitaria bombilla desnuda zumbaba en el pasillo. Spencer y Earl los condujeron más allá de las dos celdas hasta la habitación delantera, donde había una mesa y una hilera de sillas atornilladas entre sí.

La puerta de delante estaba allí mismo. Elwood pensó en salir corriendo. No lo hizo. Ese sitio era la razón de que la Nickel no tuviera muros ni vallas ni alambre de espino, de que se escaparan tan pocos chicos: era el muro que les mantenía encerrados.

Primero hicieron entrar a Black Mike.

—Creía que con la última vez tendrías suficiente —dijo Spencer.

—Se ha vuelto a mear encima —dijo Earl.

Y empezó el ruido: un vendaval constante. La silla en que Elwood estaba sentado se puso a vibrar con fuerza. No tenía forma de saber cuál era el origen —alguna especie de máquina, supuso—, pero el estruendo conseguía tapar los gritos de Black Mike y los chasquidos de la correa en sus carnes. Hacia la mitad, Elwood se puso a contar, basándose en la hipótesis de que si sabía cuántos golpes recibían los otros, sabría cuántos le tocarían a él. A no ser, claro, que hubiera algún criterio superior en función de si uno era reincidente, instigador, testigo... Nadie le había preguntado su versión del incidente —que él solo quería impedir aquella pelea—, pero quizá le caerían menos golpes por haber intervenido. Iba por el número veintiocho cuando la paliza cesó y trasladaron a Black Mike hasta uno de los coches.

Corey no había parado de lloriquear, y cuando Spencer volvió le gritó que se callara de una puta vez e hicieron pasar a Lonnie. Lonnie recibió unos sesenta. Era imposible saber lo que Spencer y Earl le estaban diciendo allí dentro, pero estaba claro que Lonnie necesitaba más instrucciones o admoniciones que su predecesor.

Cuando hicieron entrar a Corey, Elwood se fijó en que había una Biblia encima de la mesa.

A Corey le cayeron unos setenta golpes —Elwood se descontó en varias ocasiones—, lo cual no tenía sentido: ¿por qué el castigo de los matones era menor que el de la pobre víctima? Eso generó aún más incertidumbre sobre lo que le esperaba a él. No tenía sentido. Quizá ellos se habían descontado también. O tal vez no existía criterio alguno respecto a la violencia y nadie, ni custodios ni custodiado, sabía lo que pasaba ni el porqué.

Le tocó el turno a Elwood. Las celdas estaban frente a frente, separadas por el pasillo. En el cuarto de las palizas había un colchón sucio de sangre y una almohada sin otra funda que las manchas superpuestas que todas las bocas habían dejado al morderla. Y también: el gigantesco ventilador tamaño industrial que era el origen del ruido, un sonido que viajaba a través de todo el campus, más allá de lo que la física permitía. Su emplazamiento original era la lavandería —en verano, aquellas viejas máquinas producían un calor infernal—, pero tras una de las periódicas reformas con que el estado se sacaba de la manga nuevas reglas sobre el castigo corporal, alguien tuvo la brillante idea de traerlo aquí. Las cuatro paredes estaban salpicadas de sangre debido a la potencia del aparato. La acústica del cuarto era curiosa, porque si bien el rugido del ventilador sofocaba los gritos de los chicos, uno podía oír perfectamente las instrucciones de los jefes. «Agárrate a la baranda y no te sueltes.» «Como te oiga quejarte una sola vez, tendrás propina.» «Cierra la puta boca, negro de mierda.»

Era una correa de un metro de largo con empuñadura de madera, y la llamaban Azabache desde antes de que Spencer llegase a la Nickel, aunque la que sostenía ahora en su mano no era la original: de vez en cuando tenían que repararla o cambiarla. El cuero tocaba el techo antes de caer sobre las piernas, así sabía uno que estaba a punto de bajar, y los muelles del somier gemían después de cada golpe. Elwood se agarró al cabecero de la cama e hincó los dientes en la almohada, pero perdió el conocimiento antes de que terminaran con él. Cuando después le preguntaron cuántos latigazos le habían dado, no supo qué responder.

7

Pocas veces se había despedido Harriet debidamente de sus seres queridos. Su padre había muerto en prisión después de que una señora blanca lo acusara de no apartarse para cederle el paso en una acera del centro. Eso era «contacto pretencioso», según las leyes Jim Crow. En los viejos tiempos funcionaba así. Estaba pendiente de comparecer ante el juez cuando lo encontraron ahorcado en su celda. Nadie se creyó la versión de la policía. «Los negros y la cárcel —dijo el tío de Harriet—, los negros y la cárcel.» Dos días antes, ella había saludado a su padre agitando el brazo desde la otra acera cuando volvía del colegio. Fue la última imagen que tuvo de él: su padre, grandote y alegre, dirigiéndose a su segundo empleo.

A Monty, el marido de Harriet, le golpearon con una silla en la cabeza cuando intentaba detener una bronca en el local de Miss Simone. Todo porque unos soldados negros de Camp Gordon Johnston empezaron a discutir con una panda de blancos de Tallahassee sobre a quién le tocaba la mesa de billar. Hubo dos muertos. Uno de ellos fue Monty, que se metió para proteger a uno de los lavaplatos de Simone del ataque de tres blancos. El muchacho todavía le mandaba una carta a Harriet por Navidad. Trabajaba de taxista en Orlando y tenía tres hijos.

De su hija Evelyn y de su yerno Percy se despidió la noche en que se marcharon. Lo de Percy era un adiós que venía cociéndose desde hacía años, aunque Harriet no había previsto que se llevara consigo a Evelyn. Desde su regreso de la guerra, a Percy se le había quedado pequeña la ciudad. Había estado en el frente del Pacífico, trabajando en la cadena de suministros en la retaguardia.

Volvió mal. No por lo que había pasado en ultramar, sino por lo que vio a su regreso. Le encantaba el ejército, e incluso recibió una mención especial por la carta que escribió a su capitán acerca de las desigualdades en el tratamiento a los soldados de color. La vida de Percy podría haber tomado otro rumbo si el gobierno de Estados Unidos hubiera abierto las puertas a la gente de color en todos los ámbitos de la sociedad, no solo en las fuerzas armadas. Pero, claro, una cosa era dejar que alguien matara en tu nombre y otra permitir que fuera tu vecino. La G.I. Bill arregló bastante las cosas para los blancos con los que él había servido en la guerra, pero el mismo uniforme significaba cosas distintas según quién lo llevara. ¿Qué sentido tenía un préstamo sin intereses si no te dejaban entrar en una sucursal bancaria de los blancos? Percy cogió el coche para visitar a un compañero suyo de unidad que vivía en Milledgeville y unos blancuchos se metieron con él. Había parado a echar gasolina en uno de aquellos pueblos. Era cosa sabida: pueblerinos blancos, lío asegurado. Se salvó de milagro: todo el mundo sabía que los blancos linchaban a negros de uniforme, pero Percy jamás pensó que él pudiera ser la víctima. Una pandilla de chicos blancos envidiosos por no tener ellos uniforme y, sobre todo, asustados de un mundo que permitía a un negro llevar uno.

Evelyn se casó con él. Era algo que estaba claro de siempre, desde que eran pequeños. La llegada de Elwood no sirvió para que Percy renunciara a su aguardiente de maíz ni a sus noches de motel, ni a la panda de juerguistas con que se presentaba a veces en la casa de Brevard Street. Evelyn nunca había sido especialmente fuerte; cuando Percy estaba cerca, se encogía hasta convertirse en un pequeño apéndice de él, un brazo o una pierna de más. Una boca: él la obligó a decirle a Harriet que se iban a California a probar suerte.

—Pero ¿a quién se le ocurre marcharse a California a estas horas de la noche? —dijo Harriet.

—Tengo que encontrarme allí con alguien para hablar de un trabajito —contestó Percy.

Harriet pensó que debían despertar al niño. «Déjalo dormir», dijo Evelyn, y eso fue lo último que supo de ellos. Si su hija había servido alguna vez para ser madre, nunca lo demostró. La expresión de su cara cuando el pequeño Elwood mamaba de su pecho —aquellos ojos sin vida, sin alegría, perdidos en la contemplación de la nada más allá de las paredes— hacía que a Harriet le entraran escalofríos cada vez que la recordaba.

La peor despedida fue cuando el oficial del juzgado vino a buscar a Elwood. Llevaban mucho tiempo viviendo los dos solos. Harriet le dijo a su nieto que el señor Marconi y ella se asegurarían de que el abogado siguiera trabajando para solucionar su caso. El señor Andrews era de Atlanta, el típico joven activista blanco que se había sacado el título en una universidad del norte y había vuelto cambiado. Harriet nunca lo dejaba marcharse de casa sin tomar antes un bocado. Andrews era tan desmesurado en sus elogios hacia el pastel de fruta de Harriet como en su optimismo sobre las posibilidades de Elwood.

Encontrarían una salida a aquel calvario, le dijo a su nieto, y prometió ir a verle el primer domingo. Pero cuando se presentó en la Nickel, le dijeron que el chico estaba enfermo y no podía recibir visitas.

Harriet preguntó qué le pasaba. El hombre de la Nickel le dijo:

—¿Cómo diablos quiere que lo sepa, señora?

Sobre la silla contigua a la cama de hospital donde yacía Elwood había un pantalón vaquero nuevo. De resultas de los correazos, fragmentos del pantalón viejo se le habían incrustado en la piel y el médico había necesitado dos horas para extraerle las fibras. Era una tarea que el doctor se veía obligado a realizar de vez en cuando. Con unas pinzas lo solucionó.

El chico seguiría en el hospital hasta que pudiera caminar sin dolores.

El doctor Cooke tenía un despacho al lado de las consultas, donde se pasaba todo el día fumando puros y sermoneando a su mujer por teléfono, ya fuera por asuntos de dinero o para meterse con los inútiles de sus parientes. El pestazo a cigarro puro que impregnaba la sala disimulaba el olor a sudor, a vómito y a tigre, y no se disipaba hasta el amanecer, cuando llegaba él para perfumar de nuevo el ambiente. Había una vitrina repleta de frascos y cajas de medicamentos que el doctor solía abrir con gran circunspección, pero normalmente solo echaba mano al enorme recipiente de las aspirinas.

Elwood tuvo que permanecer toda su convalecencia boca abajo. Por razones obvias. El hospital lo inició en sus ritmos. La enfermera Wilma se pasaba casi todos los días, gruñona, brusca y saludable, cerrando cajones y armarios a porrazo limpio. Llevaba cardado el pelo de un rojo regaliz, y se daba colorete en las mejillas; a Elwood le hacía pensar en una muñeca embrujada que hubiese cobrado vida, un ser horrendo salido de un cómic de terror. *La cripta del terror*, *La bóveda de los horrores*, aquellos tebeos que leía a la luz de la ventana en el desván de su primo. Se había fijado en que las historietas de terror ofrecían dos tipos diferentes de castigo: el completamente inmerecido y la justicia siniestra para el malvado. Elwood situaba su actual infortunio en la primera categoría, a la espera de pasar página.

La enfermera Wilma se portaba casi con dulzura con los chicos blancos que llegaban con sus rasguños y sus dolencias, como una segunda madre. Para los chicos negros, ni una palabra amable. Lo de la bacinilla de Elwood era para ella una afrenta personal: parecía como si se le hubiera meado directamente en las manos. Más de una vez, en sus sueños de protesta, el rostro de Wilma era el de la camarera que se negaba a servirle, el ama de casa que salpicaba saliva por la boca mientras maldecía como un lobo de mar. Que soñara con aquellos tiempos en los que era libre y desfilaba con una pancarta le levantaba el ánimo cada mañana al despertarse en el hospital. Su mente todavía era capaz de viajar.

Aquel primer día solo había otro chico en el hospital, su cama oculta tras un biombo al otro extremo de la sala. Siempre que la enfermera o el doctor lo atendían corrían el biombo, haciendo que las ruedas chirriaran sobre el suelo de baldosas blancas. El paciente no decía nada cuando le dirigían la palabra, pero las voces de Wilma o del doctor Cooke tenían un sonsonete alegre y optimista que no estaba presente cuando hablaban con los otros chicos: debía de ser un caso terminal, o alguien de la realeza. Ninguno de los alumnos que estuvo en la sala tenía ni idea de quién era ni de qué le había llevado allí.

El desfile de pacientes era constante. Elwood tuvo oportunidad de conocer a chicos blancos con los que de otro modo no habría tenido ningún contacto. Tutelados por el estado, huérfanos, chavales que habían huido de casa para escapar de madres que recibían a hombres a cambio de dinero, o de padres borrachuzos que entraban en sus habitaciones en plena noche. Algunos de ellos eran tíos de cuidado. Robaban dinero, insultaban a sus profesores, cometían actos vandálicos, contaban anécdotas sobre peleas en billares o sobre parientes que vendían alcohol ilegal. Estaban en Nickel por cosas de las que Elwood no había oído hablar: simulación, pertinacia, merodeo… Tampoco ellos entendían estas palabras, pero qué más daba, si el significado no podía estar más claro: Nickel. «A mí me trincaron por sobar en un garaje para no pasar frío», «Yo le robé cinco dólares al profe», «Una noche me bebí un frasco de jarabe para la tos y me desmadré», «Yo vivía solo e intentaba apañármelas».

—¡Hay que ver cómo te atizaron! —decía el doctor Cooke cada vez que le cambiaba el vendaje.

Elwood no quería mirar pero tuvo que hacerlo. Vislumbró la cara interna de sus muslos, donde los tajos descarnados en la parte posterior de las piernas se arrastraban como dedos repugnantes. El doctor le dio una aspirina y volvió a su despacho. A los cinco minutos estaba discutiendo con su mujer por un primo de ella, un haragán que necesitaba un préstamo para no sé qué proyecto.

Un chico que resoplaba al dormir despertó a Elwood en plena noche; permaneció despierto durante horas, sintiendo cómo la piel ardía y se retorcía bajo las vendas.

Llevaba ingresado una semana cuando un día abrió los ojos y vio a Turner en la cama de enfrente. Estaba silbando la sintonía de *El show de Andy Griffith*, la mar de contento. Silbaba muy bien, y mientras duró su amistad Turner se encargó de poner la banda sonora, ya fuera para realzar la atmósfera de alguna correría, ya fuera para expresar musicalmente su discrepancia.

Turner esperó a que la enfermera Wilma saliera a fumar un cigarrillo para explicarle por qué estaba allí.

—He decidido tomarme unas vacaciones —dijo. Había ingerido un poco de detergente en polvo con el fin de ponerse enfermo, una hora de dolor de estómago a cambio de todo un día libre. O tal vez dos: sabía cómo hacerlo—. Tengo un poco más de detergente escondido en el calcetín.

Elwood se volvió hacia el otro lado para rumiar.

—¿Qué te parece ese curandero? —le preguntó Turner más tarde.

El doctor Cooke acababa de tomarle la temperatura a un chico blanco que estaba todo hinchado y mugía como una vaca. Entonces sonó el teléfono, el doctor le puso dos aspirinas en la mano y salió pitando hacia su despacho.

Turner se acercó a la cama de Elwood. Iba de acá para allá en una de las viejas y ruidosas sillas de ruedas para enfermos de polio.

—Traen aquí a un tipo con la cabeza cortada y el tío le da una aspirina.

Elwood no quería reírse, como si eso significara tratar de engañar a su dolor, pero no pudo evitarlo. Tenía los testículos inflamados por donde la correa le había golpeado entre las piernas, y la risa tironeó de algo en su interior que hizo que volvieran a dolerle.

—Traen a un negro —continuó Turner— con la cabeza cortada, con las piernas y los brazos cortados, y al puto curandero solo se le ocurre decir: «¿Quieres una pastilla o dos?».

Consiguió desatascar las ruedas de la silla y se alejó con esfuerzo.

Lo único que había a mano para leer era *The Gator*, el periódico de la escuela, y un folleto conmemorando el cincuenta aniversario del centro, ambos impresos por alumnos en el otro extremo del campus. En las fotos todos los chicos aparecían sonrientes, pero pese a llevar tan poco tiempo allí Elwood reconoció en sus ojos una ausencia de vida que parecía inherente a la Nickel. Sospechó que él también debía de tener esa mirada, ahora que ya estaba plenamente integrado. Se giró lentamente de costado, se apoyó sobre un codo y leyó varias veces el folleto.

El estado había inaugurado el centro en 1899 bajo el nombre de Escuela Industrial de Florida para Chicos. «Un reformatorio donde el delincuente juvenil, separado de malas compañías, puede recibir instrucción física, intelectual y moral a fin de reintegrarse a la comunidad con el propósito y el carácter propios de un ciudadano de pro, un hombre decente y honrado con un oficio o unos conocimientos técnicos que le permitan mantenerse y salir adelante.» A los chicos se les llamaba alumnos, no reclusos, con el fin de distinguirlos de los delincuentes violentos que poblaban las cárceles. Todos los delincuentes violentos, añadió Elwood para sí, estaban en plantilla.

Al principio, la escuela admitía a niños de cinco años para arriba, hecho que consternó a Elwood y le impidió dormir: pobres criaturas indefensas. Las primeras cuatrocientas hectáreas fueron concedidas por el estado; con los años, varios ciudadanos locales donaron generosamente ciento cincuenta más. La Nickel se sustentaba a sí misma. La construcción de la imprenta fue, a todos los efectos, un verdadero éxito. «Solo en 1926, los trabajos de imprenta generaron unas ganancias de doscientos cincuenta mil dólares, aparte de introducir a los alumnos en un oficio útil al que poder recurrir una vez graduados.» La máquina de construir ladrillos producía diariamente veinte mil ladrillos, gracias a los cuales se levantaron edificios por todo el condado de Jackson, grandes y pequeños. La exposición anual de luces navideñas, diseñada y ejecutada por alumnos de la escuela, atraía a visitantes de muchos kilómetros a la redonda. El periódico enviaba todos los años a un corresponsal.

En 1949, que era el año de publicación del folleto, la escuela cambió su nombre en honor a Trevor Nickel, un reformador que había asumido la dirección varios años atrás. Los chicos decían que era porque sus vidas no valían ni cinco centavos, como un *nickel*, pero no se trataba de eso. A veces pasabas frente al retrato de Trevor Nickel colgado en el vestíbulo y el hombre parecía mirarte ceñudo como si supiera en qué estabas pensando. Mejor dicho, como si supiera que sabías lo que él estaba pensando.

Al siguiente chico de Cleveland que ingresaron con tiña, Elwood le pidió que le trajera algunos libros para leer. Al cabo de unos días se presentó con una pila de gastados tomos de ciencias naturales que, sin querer, proporcionaron a Elwood todo un cursillo sobre fuerzas primigenias: colisiones tectónicas, cordilleras elevándose hasta el cielo, grandilocuencia volcánica; toda la violencia subterránea que conforma el mundo de la superficie. Eran libros gruesos con fotografías exuberantes de tonos rojos y naranjas, lo que contrastaba con el blanco, ya turbio y grisáceo, de la sala del hospital.

El segundo día que Turner estaba allí, Elwood lo pilló sacándose del calcetín un trocito de cartón doblado. El chico se tragó lo que había dentro y al cabo de una hora chillaba como un condenado. Cuando el doctor acudió a la sala, Turner le vomitó en los zapatos.

—Te dije que no comieras nada —le riñó el doctor Cooke—. Lo que dan aquí de comer te va a poner enfermo.

—¿Y qué quiere usted que coma, señor Cooke?

El doctor parpadeó.

Cuando Turner terminó de limpiar el vómito, Elwood le preguntó:

—¿Y no te duele mucho el estómago?

—Pues claro, tío —dijo Turner—. Pero es que hoy no me apetece trabajar. Estos colchones tienen unos bultos de la hostia, pero si sabes cómo ponerte puedes echar una buena siesta.

El chico siempre oculto detrás del biombo soltó un fuerte suspiro y los dos pegaron un salto. Normalmente apenas se le oía y al final te olvidabas de él.

—¡Eh! —dijo Elwood en voz alta—. ¡El de ahí detrás!

—¡Chsss! —dijo Turner.

No se oyó nada en absoluto, ni el susurro de una manta.

—Ve a echar un vistazo —dijo Elwood. Algo había cambiado; ese día se sentía mejor—. Mira a ver quién es. Pregúntale qué le pasa.

Turner le miró como si se hubiera vuelto loco.

—Yo no le pregunto ni una mierda —dijo.

—¿Tienes miedo? —Elwood utilizó el mismo recurso que los chicos de su calle cuando se desafiaban unos a otros.

—Joder, a saber lo que tendrá —dijo Turner—. Igual te asomas ahí para mirar y tienes que cambiar tu sitio por el de él. Como en los cuentos de fantasmas.

Aquella noche la enfermera Wilma estuvo leyéndole al chico del biombo hasta muy tarde. La Biblia, un himno… sonaba como cuando la gente tiene a Dios en la boca.

A veces la sala estaba llena y a veces no. Una mala remesa de melocotones en lata hizo que, a falta de camas, tuvieran que dormir pies contra cabeza, entre flatulencias y retortijones. Un revoltijo de camas. Gusanos, Exploradores, los laboriosos Pioneros. Heridos, infectados, cuentistas y quejicas. Picadura de araña, tobillo torcido, la punta de un dedo cortada por una máquina. Una visita a la Casa Blanca. Sabedores de que Elwood había pasado por el tubo, los demás ya no le hacían el vacío. Ahora era uno de ellos.

Harto de ver sus pantalones nuevos puestos sobre la silla, Elwood los dobló y los colocó debajo del colchón.

El enorme aparato de radio que el doctor Cooke tenía en su despacho sonaba durante todo el día, rivalizando con el ruido del contiguo taller de chapa: sierras eléctricas, rechinar de acero contra acero. Según el doctor, la radio era terapéutica; la enfermera Wilma consideraba que no había que mimar a los chicos. *Don McNeill's Breakfast Club*, predicadores varios, seriales que la abuela de Elwood solía escuchar. Los problemas de los blancos que oía entonces en la radio le habían parecido remotos, como de otro país. Ahora estaban a unos minutos en coche de Frenchtown.

Hacía años que Elwood no escuchaba *Amos 'n' Andy*. Su abuela solía apagar la radio cuando la ponían en antena, con su carrusel de malapropismos y de infortunios degradantes. «Eso a los blancos les gusta, pero nosotros no tenemos por qué escucharlo.» Harriet se puso contenta cuando leyó en el *Defender* que habían cancelado la serie. Una emisora cercana a la Nickel ponía episodios antiguos, emisiones fantasma. Nadie tocaba el dial cuando eso ocurría, y a todos los chicos, negros y blancos por igual, les hacían reír las payasadas de Amos y Kingfish, como cuando decían aquello de «¡Ay, la leche!».

A veces, en una de las emisoras sonaba la sintonía de *El show de Andy Griffith* y Turner se ponía a silbar.

—¿No te preocupa que descubran que te haces el enfermo, silbando así de feliz? —le preguntó Elwood.

—No me hago el enfermo; te juro que esos polvos son repugnantes —dijo Turner—. Pero soy yo el que decide, no los demás.

Era una manera bastante idiota de verlo, pero Elwood se abstuvo de hacer comentarios. Se sabía ya la melodía de memoria y habría podido tararearla o silbarla, pero no quiso quedar como un copión. Aquella canción era un minúsculo remanso de paz en medio del caos. No hacían falta manguerazos ni Guardia Nacional. De repente se le ocurrió a Elwood que no había visto a ningún negro en Mayberry, el pueblo donde tenía lugar la acción de la serie.

Un locutor anunció por la radio que Sonny Liston iba a pelear contra un joven prometedor llamado Cassius Clay.

–¿Y ese quién es? –preguntó Elwood.

–Pues algún negro que no tardará en besar la lona –dijo Turner.

Una tarde estaba Elwood adormilado cuando un ruido hizo que se pusiera rígido: el tintineo del llavero. Spencer había ido a ver al doctor Cooke. Elwood esperó el chasquido del cuero raspando el techo antes de caer sobre sus piernas… Pero entonces el superintendente se marchó y los sones de la radio volvieron a adueñarse de la sala. Elwood notó las sábanas empapadas de sudor.

–¿Le hacen lo mismo a todo el mundo? –le preguntó Elwood a Turner después de que trajeran el almuerzo.

Wilma había repartido emparedados de jamón y mosto aguado, a los blancos primero.

La pregunta había surgido de la nada, pero Turner sabía bien a qué se refería su amigo. Con la comida sobre el regazo, se aproximó en su silla de ruedas.

–Tanto como a ti, no –dijo–. Yo nunca he pasado por eso. Una vez me pegaron dos bofetadas por fumar.

–Tengo un abogado, ¿sabes? –dijo Elwood–. Seguro que hará algo.

–Tú has salido bien parado.

–¿Y eso?

Turner se terminó el mosto sorbiendo ruidosamente.

–A algunos los llevan a la Casa Blanca y no se les vuelve a ver el pelo.

En la sala no se oía más que la conversación entre ellos y el lamento de la sierra en el taller de al lado. Elwood no quería saberlo, pero lo preguntó igualmente.

–Tu familia pide explicaciones a la escuela y ellos dicen que te escapaste –dijo Turner. Se aseguró de que los chicos blancos no estuvieran mirando–. El problema, Elwood –continuó–, es que tú no sabías cómo funciona la cosa. Por ejemplo, Corey y esos dos chavales. Tú quisiste hacer de Llanero Solitario: meterte en medio y salvar a un negro. Pero resulta que a él lo tienen acojonado desde hace tiempo. A esos tres les ha dado por ahí, ¿entiendes? A Corey le gusta. Se ponen en plan duro con él, y él se los lleva al retrete o donde sea y se pone de rodillas. Así es como funciona.

–Pero yo le vi la cara, estaba asustado –dijo Elwood.

–Tú no entiendes por qué se porta así –dijo Turner–. No sabes por qué la gente se porta como se porta. Yo antes pensaba que lo de ahí fuera es una cosa y lo de aquí dentro otra. Que cuando estás aquí metido, estás aquí y punto. Que todo el mundo de la Nickel era diferente por lo que le hacía estar aquí dentro. Spencer y los otros también… Quizá ahí fuera en el mundo libre sean buena gente. Personas risueñas, padres buenos con sus hijos. –Hizo una mueca, como si estuviera sorbiéndose un diente cariado–. Pero ahora que he salido de aquí y me han vuelto a traer, sé que la gente no cambia porque esté en la Nickel. Lo de ahí fuera y lo de aquí dentro es lo mismo, solo que aquí dentro nadie tiene que seguir fingiendo.

Hablaba girando en círculos, todo apuntando hacia él.

–Pero eso va contra la ley –dijo Elwood.

Contra la ley del estado y la del propio Elwood. Si todo el mundo miraba para otro lado, entonces todos eran cómplices. Si él miraba para otro lado, estaba tan involucrado como los demás. Así era como él lo veía, como siempre lo había visto todo.

Turner no dijo nada.

–No es como deberían ser las cosas –añadió Elwood.

–A nadie le importa cómo deberían ser. Si te enfrentas a Black Mike y a Lonnie, te estás enfrentando a todo el que permite que eso pase. Los estás delatando a todos.

–Pues eso es lo que te estoy diciendo. –Elwood le habló de su abuela y del señor Andrews, el abogado. Denunciarían a Spencer y a Earl y a todo el que no hiciera lo debido. Su profesor, el señor Hill, era activista y se había manifestado por todo el país; después del verano no había vuelto al instituto Lincoln porque estaba otra vez organizando cosas. Elwood le había escrito contándole lo de su detención, pero no estaba seguro de que hubiera recibido la carta. En cuanto pudieran ponerse en contacto con él, el señor Hill conocía a gente que estaría interesada en saber cosas de un sitio como la Nickel–. Ya no es como en los viejos tiempos –dijo–. Tenemos que plantarnos y alzar la voz.

–Ese rollo aquí no funciona. ¿De qué piensas que va a servir aquí dentro?

–Dices eso porque no tienes a nadie fuera que dé la cara por ti.

–Es verdad –dijo Turner–. Pero eso no significa que no me dé cuenta de cómo funcionan las cosas. Puede que las vea más claras precisamente por eso. –Torció el gesto al notar el efecto del detergente en el estómago–. La clave para sobrevivir aquí es la misma que fuera: tienes que ver cómo se comporta la gente y luego averiguar de qué manera sortearla, como en una carrera de obstáculos. Si es que quieres salir de aquí.

–Graduarse.

–Salir de aquí –le corrigió Turner–. ¿Crees que puedes hacer eso? ¿Observar y pensar? Nadie te va a sacar de la Nickel… solo tú.

A la mañana siguiente el doctor Cooke echó a Turner dándole dos aspirinas e insistiendo de nuevo en que no probara la comida. En la sala solo quedaba Elwood. El biombo del chico sin nombre estaba plegado ahora en un rincón. La cama, vacía. El paciente se había esfumado durante la noche sin despertar a nadie.

Elwood procuró seguir el consejo de Turner, puso todo su empeño, pero eso fue antes de verse las piernas. La visión lo dejó noqueado durante un buen rato.

Pasó cinco días más en el hospital, después volvió con los demás chicos de la Nickel. Escuela y trabajo. Ahora, en muchos sentidos, era uno más de ellos, y eso incluía sumirse en el silencio. Cuando su abuela fue a visitarlo, Elwood no pudo explicarle lo que había visto cuando el doctor le quitó el vendaje y él caminó por las frías baldosas hasta el cuarto de baño. Fue allí cuando se miró y supo que el corazón de ella no podría aguantarlo, aparte de la vergüenza que sentía por permitir que le hubiera pasado aquello. Ese día de visita, pese a estar sentado enfrente de su abuela, se sintió tan lejos de ella como los otros familiares que la habían abandonado. Le dijo que se encontraba bien pero un poco triste, que estaba siendo difícil pero estaba aguantando, cuando lo único que quería decirle era: «Mira lo que me han hecho, mira lo que me han hecho».

8

Cuando Elwood salió del hospital, se reincorporó a su cuadrilla de trabajo. A Jaimie, el mexicano, lo habían devuelto una vez más al contingente blanco, así que el jefe era otro. Elwood se sorprendió en más de una ocasión manejando la guadaña con excesiva violencia, como si estuviera flagelando la hierba con una correa de cuero. Entonces se paraba y se decía a sí mismo que se tranquilizara. Al cabo de diez días, Jaimie volvió con los chicos de color —fue Spencer quien dio la orden—, aunque a él le daba igual.

—Esa es mi vida, puro pimpón.

La escolarización de Elwood no iba a mejorar. Eso tenía que aceptarlo. Al salir de la escuela le tocó el brazo al señor Goodall; el profesor no le reconoció. Goodall reiteró su promesa de buscarle una labor académica más a su altura, pero Elwood ya había calado al profesor y no se lo volvió a pedir. Una tarde, a finales de noviembre, lo enviaron con una cuadrilla a limpiar el sótano de la escuela. Debajo de unas cajas con calendarios de 1954, Elwood encontró varios libros de la colección de clásicos británicos de Chipwick: Trollope, Dickens, gente con nombres así. Elwood los fue leyendo durante las horas de clase, mientras los demás balbucían y tartamudeaban. Había querido estudiar literatura inglesa en la universidad. Ahora iba a tener que aprender solo. Tenía que hacerlo.

El castigo por actuar por encima de tu condición social era uno de los puntales de la visión que Harriet tenía del mundo. Estando en el hospital, Elwood se preguntó si no le habrían pegado con tanta saña por pedir que las clases fueran de mayor nivel: «Dale a ese negro engreído». Ahora, sin embargo, barajaba otra hipótesis: la brutalidad de la Nickel no se regía por un criterio superior, sino por un resentimiento indiscriminado que nada tenía que ver con las personas. Le vino a la mente un invento de la clase de ciencias naturales en el instituto: una Máquina de la Desdicha Perpetua que funcionaba sola, sin necesidad de intervención humana. También Arquímedes, uno de sus primeros hallazgos de la enciclopedia. La violencia es la única palanca lo bastante grande como para mover el mundo.

Elwood sondeó un poco pero no llegó a hacerse una idea clara de cómo graduarse antes. Desmond, el científico de las puntuaciones, no le sirvió de gran ayuda.

—Si cada semana te portas como se supone que debes portarte, acumulas puntos buenos, eso de entrada. Ahora bien, si tu jefe de casa te confunde con otro, o te coge manía, entonces cero. En cuanto a los puntos malos, nunca se sabe.

La escala de deméritos variaba de una residencia a otra. Fumar, pelearse, ir siempre despeinado o desarreglado... el castigo dependía de a qué sitio te hubieran mandado y del capricho de los monitores. En Cleveland, blasfemar costaba cien puntos malos (Blakeley era un tipo temeroso de Dios), pero en Roosevelt solo cincuenta. Cascársela eran nada menos que doscientos puntos malos en Lincoln, pero si te pillaban masturbando a otro, solo te caían cien.

—¿Solo cien?

—Así es Lincoln, amigo —dijo Desmond, como si le hablara de un país extranjero, de genios y ducados.

A Blakeley, se fijó Elwood, le iba empinar el codo. El hombre estaba a media asta durante casi toda la mañana. Entonces ¿no se podía contar con sus valoraciones? Suponiendo que no se metiera en líos, dijo Elwood, que lo hiciera todo bien, ¿cuánto podía tardar, más o menos, en pasar del nivel inferior de Gusano al nivel superior de As?

—Si todo saliera perfecto...

—Para lo de «perfecto» ya es demasiado tarde —dijo Desmond—, porque ya has estado allí.

El problema era que, por mucho que evitaras meterte en líos, los líos podían caerte encima sin darte tú cuenta. Otro alumno podía olerse algún punto flaco y empezar a fastidiarte por ahí, o a alguien del personal no le gustaba tu sonrisa y te la borraba de la cara. También podías tener un golpe de mala suerte como el que hizo que te enviaran a la Nickel. Elwood tomó una decisión: en junio saldría del hoyo tras haber escalado hasta lo más alto, cuatro meses antes de lo que el juez le había impuesto. La idea lo reconfortó; Elwood estaba habituado a medir el tiempo por el calendario escolar, así que si se graduaba en junio su paso por la Nickel equivaldría solo a un año perdido. El próximo otoño por estas fechas estaría otra vez en el Lincoln cursando su último año de secundaria y, con el respaldo del señor Hill, matriculado otra vez en la Melvin Griggs. El dinero de la matrícula se lo habían gastado en el abogado, pero Elwood lo recuperaría haciendo horas extra el próximo verano.

Ya tenía una fecha, ahora necesitaba un plan de acción. Aquellos primeros días después de salir del hospital se sintió fatal, hasta que se le ocurrió algo que combinaba los consejos de Turner con lo que había aprendido de sus héroes del movimiento. Observar, pensar y planificar. Que el mundo se convierta en una turba: él la atravesará. Tal vez le escupan y le insulten y le peguen, pero él conseguirá llegar hasta el otro lado. Jadeante y ensangrentado, pero logrará pasar.

Esperaba que Lonnie y Black Mike se tomaran la revancha, pero no fue así. Aparte de una vez que Griff lo mandó escaleras abajo de un empujón, no le hicieron el menor caso. Corey, el chico a quien había intentado defender, le guiñó el ojo un día. Todo el mundo estaba aprestándose ya para el siguiente contratiempo que les deparara la Nickel, ese que nadie podría controlar.

Un miércoles, después del desayuno, el monitor Carter ordenó a Elwood que fuera al almacén para otro trabajo en

grupo. Turner estaba allí, junto con un joven blanco largui-
rucho con pinta de beatnik y una grasienta pelambrera rubia.
Elwood lo había visto fumando a la sombra de diversos edificios de la Nickel. Se llamaba Harper y, según los archivos de
personal, trabajaba en el servicio comunitario. Harper le echó
una ojeada a Elwood y dijo: «Servirá». El supervisor cerró la
gran puerta corredera del almacén, echó el candado y montaron en el asiento delantero de una furgoneta gris. A diferencia de los otros vehículos del centro, no llevaba pintado el
nombre de la escuela.

Elwood se sentó en medio.

–Allá vamos –dijo Turner, bajando la ventanilla de su
lado–. Harper me preguntó quién creía que podría sustituir a
Smitty y le dije que tú. Le expliqué que no eras otro de esos
tontos que andan por aquí.

Smitty era uno de los chicos mayores de Roosevelt, la residencia contigua. Había alcanzado el nivel de As y se había
graduado la semana anterior, aunque a Elwood eso de «graduarse» le parecía una manera bastante idiota de llamarlo.
Smitty no era capaz de leer ni dos líneas seguidas.

–Dice Turner que sabes tener la boca cerrada, lo cual es
un requisito –dijo Harper, y poco después abandonaban el
recinto de la escuela.

Desde su estancia en el hospital, Elwood y Turner se veían
casi todos los días. Mataban el rato por las tardes en la sala de
recreo de Cleveland, jugando a las damas y al pimpón con
Desmond y algunos otros de los chicos más tranquilos. Turner
solía irrumpir en alguno de los dormitorios como si buscara
algo, y luego se ponía a decir sandeces y olvidaba el motivo
por el que había entrado allí. Jugaba mejor al ajedrez que Elwood, sus chistes eran mejores que los de Desmond y, a diferencia de Jaimie, su presencia era más constante. Elwood sabía
que Turner estaba asignado al servicio comunitario, pero este
se mostraba evasivo cuando Elwood le preguntaba al respecto.

–Se trata de coger cosas y asegurarse de que acaben donde
se supone que tienen que acabar al final.

–¿Y eso qué p-p-pollas significa? –dijo Jaimie.

No era de los que soltaban muchos tacos, y su tartamudeo ocasional suavizaba el efecto, pero de los vicios disponibles en la Nickel, él había adoptado las palabrotas por ser una de las opciones más anodinas.

–Significa servicio comunitario –dijo Elwood.

El significado inmediato de «servicio comunitario» fue que permitió a Elwood fingir que nunca había hecho autostop para ir a la universidad: durante unas horas, estuvo físicamente fuera de la Nickel. Su primera salida al mundo libre desde su ingreso. Eso de «mundo libre» era jerga carcelaria, pero había calado en el lenguaje del reformatorio porque tenía sentido, a través de un chico que había oído la expresión de boca de un padre o un tío con mala fortuna, o de un miembro del personal que reveló lo que pensaba realmente de sus pupilos, pese al vocabulario escolar que la Nickel prefería utilizar de puertas adentro.

El aire que Elwood respiraba era fresco, y todo cuanto veía por la ventanilla deslumbrante y renovado. «¿Así o así?», le preguntaba el oculista cuando iba a la revisión, dándole a elegir entre lentes de diferente potencia. A Elwood nunca dejaba de sorprenderle que uno pudiera acostumbrarse a ver solo una pequeña parte del mundo. No saber que uno solo veía una pizca del todo. «¿Así o así?» Definitivamente «así», como lo veía desde la furgoneta en ese instante, la repentina majestuosidad del conjunto, incluidas las ruinosas chabolas y las tristes viviendas hechas de bloques de hormigón, los coches destartalados con las ruedas medio cubiertas por la maleza en un patio cualquiera. Vio un cartel herrumbroso anunciando zumo Wild Cherry Hi-C y le entró más sed de la que jamás había sentido en su vida.

Harper advirtió el cambio en la postura de Elwood.

–Le gusta estar fuera –dijo el supervisor, y él y Turner se rieron.

Encendió la radio. Estaba cantando Elvis, y Harper siguió el ritmo con la palma de la mano sobre el volante.

Tenía un carácter nada propio de un empleado de la Nickel. «Para ser blanco, no es mal tipo», fue el veredicto de Turner. Harper se había criado prácticamente en el reformatorio, a cargo de una hermana de su madre que trabajaba de secretaria en el edificio de administración. Para los alumnos blancos, Harper había sido algo así como una mascota con la que entretenerse por las tardes, y cuando tuvo edad para ello empezó a hacer algún trabajillo. Había pintado renos en la exposición anual de Navidad cuando apenas si podía sostener la brocha. Ahora, con veinte años cumplidos, trabajaba a jornada completa. «Mi tía dice que soy de trato fácil —les comentó una vez a los chicos de su cuadrilla mientras pasaban el rato frente a la tienda de baratillo—. Supongo que sí. He crecido entre vosotros, chicos blancos y chicos negros, y sé que sois como yo, solo que vosotros habéis tenido mala suerte.»

Hicieron cuatro paradas en la población de Eleanor antes de ir a la casa del jefe de bomberos. La primera fue en el JOHN DINER: una silueta herrumbrosa daba fe de la letra y el apóstrofe que habían caído. Aparcaron en el callejón de detrás, y Elwood echó un vistazo a la carga que llevaban en la furgoneta: cartones y cajas de la despensa de la Nickel. Latas de guisantes, y otras de tamaño industrial de melocotones, compota de manzana, alubias, salsa de carne. Toda una selección de la remesa semanal que les enviaba el estado de Florida.

Harper encendió un pitillo y pegó la oreja a un transistor: hoy había partido. Turner le fue pasando a Elwood cajas de judías verdes y sacos de cebollas, y luego los metieron por la puerta trasera que daba a la cocina del restaurante.

—No os olvidéis la melaza —dijo Harper.

Una vez terminada la tarea, el dueño —un paleto rechoncho cuyo delantal era un palimpsesto de manchas oscuras— salió y le dio una palmada en la espalda a Harper. Le pasó un sobre y luego preguntó por su familia.

—Ya conoces a tía Lucille —dijo Harper—. Se supone que no debería levantarse, pero no se está quieta ni un segundo.

Las dos siguientes paradas fueron también en sitios de comida –un puesto de barbacoas y un restaurante barato ya en el límite del condado–, y finalmente descargaron un montón de latas de verduras en el colmado Top Shop. Harper doblaba cada sobre de dinero en dos, le ponía una goma elástica alrededor y lo tiraba dentro de la guantera antes de dirigirse al siguiente destino.

Turner dejó que la faena hablara por sí sola. Harper quería estar seguro de que Elwood se sentía a gusto con su nuevo cometido.

–No parece que te sorprenda –le dijo el joven supervisor.

–A algún sitio tiene que ir a parar, ¿no? –respondió Elwood.

–Te explico cómo va esto. Spencer me dice adónde hay que ir y le pasa la pasta al director Hardee. –Harper giró el dial buscando más rock and roll: volvió a salir Elvis. Estaba hasta en la sopa–. En los viejos tiempos era peor –dijo Harper–, por lo que explica mi tía. Pero el estado tomó medidas enérgicas y ahora la parte sur del campus no la tocamos. –Queriendo decir que solamente vendían provisiones de los alumnos negros–. Por entonces la Nickel la dirigía el bueno de Roberts, un tipo que si hubiera podido habría sido capaz de vender hasta el aire que respirabas. ¡Un sinvergüenza con todas las letras!

–Mejor esto que limpiar letrinas –dijo Turner–. Y que cortar hierba, la verdad.

Estar fuera era agradable, y así lo expresó Elwood de viva voz. En los meses que siguieron, llegó a ver todo Eleanor, Florida, mientras la cuadrilla de tres hacía la ronda. Conoció la parte de atrás de la corta calle mayor del pueblo; Harper aparcaba la furgoneta junto a las entradas de servicio. Unas veces descargaban libretas y lápices, otras veces medicinas y vendas, pero por lo general eran alimentos. Pavos de Acción de Gracias y jamones de Navidad desaparecían en las manos de tal o cual cocinero, y el subdirector de la escuela primaria abrió una caja de borradores y los contó uno por uno.

Elwood se había preguntado por qué los chicos no tenían pasta de dientes; ahora sabía por qué. Aparcaban detrás de la tienda de baratillo, Fisher's Drugs, y telefoneaban al médico local, que al rato se acercaba con aire furtivo a la ventanilla del vehículo. De vez en cuando visitaban una casa verde de tres plantas que había en una calle sin salida, y un hombre con chaleco de punto y aspecto de funcionario del Ayuntamiento le entregaba el sobre a Harper. Este dijo desconocer la historia de aquel individuo, pero el hombre tenía buenos modales, sus billetes eran nuevos y le gustaba hablar de los equipos de Florida.

«¿Así o así?» Salir de la Nickel era como cuando el oculista te cambiaba los lentes: se veía todo y mejor.

El primer día, una vez descargado todo lo que llevaban en la furgoneta, Elwood pensó que volverían al reformatorio, pero en lugar de eso se dirigieron a una calle limpia y tranquila que le recordó a la zona bonita de Tallahassee, la de los blancos. Pararon frente a una casa grande, toda pintada de blanco, que parecía flotar en medio de un mar de ondulante verdor. Una bandera de Estados Unidos se mecía en su asta clavada en el tejado. Se apearon del vehículo, en cuya trasera, escondido bajo una lona gruesa, había material de pintura.

—Señora Davis —dijo Harper, con una inclinación de cabeza.

Una mujer blanca con el pelo cardado saludó desde el porche.

—¡Qué emoción! —dijo.

Elwood se abstuvo de mirarla a los ojos cuando la señora los condujo hacia el jardín de la parte de atrás, donde había un cenador gris, de aspecto mustio, al pie de unos robles.

—¿Es eso? —preguntó Harper.

—Mi abuelo lo construyó hace cuarenta años —dijo la señora Davis—. Ahí fue donde Conrad se me declaró.

Llevaba puesto un vestido amarillo de pata de gallo y unas gafas de sol estilo Jackie Kennedy. Al ver que tenía un bichito verde en el hombro, le dio un capirotazo y sonrió.

Tenían orden de pintar el cenador. La señora Davis le pasó una escoba a Harper, Harper se la pasó a Elwood, y Elwood se puso a barrer el suelo de tablones mientras Turner iba a la furgoneta a por la pintura.

—Chicos, sois muy amables echándonos una mano con esto —les dijo la señora Davis antes de meterse otra vez en la casa.

—Volveré sobre las tres —dijo Harper, y también se marchó.

Turner le explicó a Elwood que Harper tenía una amiga en Maple. El marido de la chica trabajaba en una de las fábricas y volvía siempre muy tarde.

—¿Es que vamos a pintar? —preguntó Elwood.

—Claro, tío.

—¿Y nos deja aquí solos?

—Claro, tío. El marido de la señora Davis es el jefe de bomberos. Nos hace venir aquí a menudo para trabajillos varios. Smitty y yo pintamos todas las habitaciones del piso de arriba. —Señaló con el dedo hacia las buhardillas como si desde abajo se pudiera apreciar lo bien que habían quedado—. Todos nos encargan cosas, quiero decir los del consejo escolar. A veces es alguna chorrada, pero yo prefiero mil veces estar aquí que hacer cualquier otra faena en la escuela.

Lo mismo que Elwood. Era una tarde húmeda de noviembre y saboreó a placer el concierto libremundista de pájaros e insectos. A sus llamadas de apareamiento y advertencia no tardó en sumarse Turner con sus silbidos (una de Chuck Berry, le pareció a Elwood). La marca de la pintura era Dixie; el color, Blanco Dixie.

La última vez que Elwood había cogido una brocha había sido para dar una mano de pintura al excusado de la señora Lamont, tarea por la cual su abuela había ofrecido sus servicios a cambio de diez centavos. Turner se echó a reír y le explicó que, tiempo atrás, la Nickel mandaba chicos a Eleanor cada dos por tres para hacer trabajos en las casas de los peces gordos del pueblo. Según contaba Harper, a veces eran favores, como lo de pintar el cenador, pero otras muchas era a cambio de dinero, que luego la escuela se quedaba para su «mantenimiento», igual que el dinero que sacaba de las cosechas, de la imprenta y de los ladrillos. Antiguamente la cosa era más truculenta.

—Cuando te graduabas, no volvías con tu familia sino que te daban la condicional. Eso quería decir deslomarse trabajando para la gente del pueblo. Tratado a patadas, como un esclavo, viviendo en un sótano o así, comiendo la mierda que te daban.

—¿Mierda como la que nos dan ahora?

—Qué va, mucho peor.

Había que amortizar la deuda, le explicó Turner. Y luego te dejaban ir.

—¿Deuda? ¿Qué deuda?

Turner se quedó sin saber qué contestar.

—Pues nunca lo había pensado. —Detuvo el brazo con que Elwood estaba pintando—. Eh, no vayas tan rápido. Si nos lo montamos bien, aquí hay trabajo para tres días. Y la señora Davis siempre saca limonada.

Al poco rato apareció con dos vasos de limonada en una bandeja de bronce; estaba buenísima.

Terminaron de pintar las barandillas y la celosía de las paredes. Elwood cogió un nuevo bote de pintura, lo sacudió bien, abrió la tapa y removió. Le había contado a Turner cómo lo pillaron y lo acabaron mandando a la Nickel —«Tío, qué putada»—, pero Turner nunca hablaba de su vida anterior. Esta era su segunda estancia en la Nickel después de casi un año fuera. Quizá preguntándole cómo lo habían trincado esta vez podría acceder a él. La resaca de la Nickel lo arrastraba todo consigo, y tal vez pudiera sonsacar algo más del pasado de su amigo.

A la pregunta de Elwood, Turner se sentó y dijo:

—¿Sabes qué es un *pinsetter*?

—Eso de los bolos —dijo Elwood.

—Pues yo trabajaba de *pinsetter* en el Holiday, una bolera que había en Tampa. En la mayoría de los sitios tienen una máquina para hacer eso, pero el señor Garfield se resistía a cambiar. Le gustaba ver moverse a sus chicos al fondo de la pista colocando bolos a toda pastilla, agachados como corredores de los cien metros lisos, o como perros a punto de salir de cacería. No estaba mal. Recogías los bolos caídos después de cada lanzamiento y luego los ponías todos en pie para la siguiente ronda. El señor Garfield era amigo de los Everett, que era la familia con la que yo vivía. El estado les pagaba un dinero, pero tampoco mucho, por hacerse cargo de chavales sin hogar. Éramos un montón, siempre yendo y viniendo.

»Bueno, como te decía, el trabajo no estaba mal. El jueves era el día reservado para la gente de color y venían de todas partes, jugadores de las distintas ligas. Esas noches lo pasábamos muy bien, pero normalmente la clientela estaba formada por paletos de Tampa. Unos malos y otros no tanto... ya sabes, blancos. Yo era rápido colocando bolos y no me cuesta sonreír cuando estoy trabajando, tengo la mente en otra parte, así que a los clientes les caía bien, me daban propinas. Llegué a conocer a varios de los habituales. Bueno, no conocernos en plan amigos, pero sí nos veíamos todas las semanas. Fue así como empecé a hacer un poco el tonto con ellos: cuando le tocaba a alguien al que conocía, me atrevía a hacerle un chiste si lanzaba mal, o ponía cara de payaso cuando la bola se le iba a la cuneta o le quedaba un split muy complicado. Se convirtió en mi numerito, eso de bromear con los habituales. Y a nadie le amarga una propina.

»En la cocina trabajaba un tipo ya mayor llamado Lou. Enseguida te dabas cuenta de que era de esos tíos que han visto de todo. Con los *pinsetters* no hablaba mucho, se limitaba a voltear hamburguesas. Como no era muy simpático, no conversábamos demasiado. Aquella noche yo estaba descansando y salí a fumar un cigarrillo en la parte de atrás. Y allí estaba él, con su delantal cubierto de grasa. "Ya te he visto, negro, haciendo el tonto. ¿Por qué estás siempre diciendo chorradas para agradar a los blancos? ¿Nadie te ha enseñado lo que es la dignidad?"

»Allí fuera había otros dos *pinsetters*, y al oír aquello dijeron algo como "Joder". Yo me encendí; estaba dispuesto a callarle la boca de un puñetazo. Aquel tío no me conocía. No sabía una mierda de mí. Me lo quedé mirando y el tío allí quieto, fumando el cigarrillo que acababa de liar, convencido de que yo no iba a hacer nada. Porque tenía razón en lo que había dicho.

»Cuando volví a entrar a la bolera, no sé, empecé a comportarme de otra manera. En lugar de bromear con los clientes, me puse en plan cabrón. Cuando lanzaban a la cuneta o pisaban la raya, yo ya no los miraba en plan simpático. Vi que se daban cuenta de que la cosa había cambiado. Puede que antes hubiéramos fingido que estábamos todos en el mismo bando, pero ahora estaba claro que no era así.

»Era casi la hora de cerrar y yo había estado burlándome durante toda la partida de un capullo grandote que era más tonto que hecho de encargo. Le tocaba a él y tenía que tirar un split 4-6. "Eso sí que está jodido", solté yo, y parece que se hartó de oírme y vino hacia mí con cara de mala leche. El tío empezó a perseguirme por toda la pista, yo saltando de calle en calle, estorbando a todo el mundo, esquivando bolas, hasta que al final sus amigos lo frenaron. No era cosa de complicarle la vida al señor Garfield, porque venían a la bolera muy a menudo. Me conocían, o creían conocerme hasta que yo empecé a ponerme farruco, y por fin consiguieron que su amigo se calmara y se largaron de la bolera.

Turner sonreía explicando la historia, pero solo hasta llegar al desenlace. Entonces se quedó mirando el suelo del cenador entornando los ojos, como si intentara distinguir algo muy pequeño.

—Aquello fue el final de todo —dijo, rascándose la muesca que tenía en la oreja—. A la semana siguiente vi el coche de aquel tipo en el aparcamiento, agarré un bloque de hormigón y lo lancé contra una de las ventanillas. Apareció la poli y me trincó.

Harper volvió una hora tarde, pero Elwood y Turner no pensaban quejarse. Por una parte, librarse de estar en la Nickel; por otra, trabajar en el mundo libre: el cálculo era fácil.

–Necesitaremos una escalera –le dijo Elwood a Harper cuando llegó.

–Descuida –dijo Harper.

La señora Davis los despidió desde el porche cuando se marcharon.

–¿Qué tal tu amiguita, Harper? –dijo Turner.

Harper se remetió la camisa por el pantalón.

–Justo cuando empiezas a estar a gusto, van ellas y te salen con algo que no tiene nada que ver y que han estado pensando desde la última vez que las viste.

–Ya, conozco el paño –dijo Turner.

Cogió el paquete de tabaco de Harper, sacó un cigarrillo y lo encendió.

Elwood iba empapándose de todos los detalles que veía para recomponerlos más tarde mentalmente. El aspecto de las cosas, el olor de las cosas, y todo lo demás. Al cabo de dos días, Harper le dijo que quedaba asignado permanentemente a servicio comunitario. Los blancos, eso sí, siempre se habían fijado en que era un chico muy trabajador. La noticia le animó. Cada vez que volvían a la Nickel, Elwood anotaba los pormenores en un cuaderno. La fecha. El nombre del individuo y del establecimiento. Algunos nombres no fueron fáciles de conseguir, pero Elwood siempre había sido un chico paciente, y concienzudo.

9

Los chicos apoyaban a Griff pese a que era un miserable abusón que siempre estaba hurgando en sus puntos flacos, o inventándoselos si no encontraba ninguno, como llamarte «patizambo de mierda» aunque tus rodillas jamás hubieran chocado entre sí. Les ponía la zancadilla y se carcajeaba al ver el batacazo subsiguiente, y les daba de bofetadas cuando sabía que no lo iban a pillar. Los sacaba a rastras para llevarlos a cuartos oscuros. Olía como un caballo y se mofaba de las madres de sus compañeros, cosa bastante ruin habida cuenta de que buena parte del alumnado carecía de madre. Les robaba el postre a menudo –pescándolo de la bandeja con una sonrisita en los labios–, y eso aunque el postre en cuestión no fuera nada del otro mundo, solo por fastidiar. Los chicos apoyaban a Griff porque iba a representar al contingente de color de la Nickel en el combate de boxeo anual, e hiciera lo que hiciese el resto del año, el día de la pelea Griff era todos ellos en un solo cuerpo negro e iba a dejar K.O. a ese chico blanco.

Y si Griff escupía algún diente antes de que eso ocurriera, mejor que mejor.

Los chicos de color ostentaban el título de la Nickel desde hacía quince años. Los más viejos del personal se acordaban del último campeón blanco y aún seguían poniéndolo por las nubes; de otras cosas de los viejos tiempos no hablaban tan a menudo. Terry «Doc» Burns, un buen chico con manos como yunques nacido en algún rincón mohoso del condado de Suwannee, había ido a parar a la Nickel por estrangular a las gallinas de un vecino. Veintiuna gallinas, para ser exactos, y porque «iban a por él». Su cuerpo escupía el dolor como escupe la lluvia un tejado de pizarra. Después de que Doc Burns se reincorporara al mundo libre, los chicos blancos que habían llegado al combate final eran unos caguetas, y tan flojos que con el tiempo se fue hinchando cada vez más el mito del antiguo campeón: la naturaleza había dotado a Doc Burns de unos brazos prodigiosamente largos; no se cansaba nunca; su legendario combo machacaba a todos los aspirantes y hacía vibrar las ventanas. En realidad, a Doc Burns le habían pegado tantas palizas y había sido tan maltratado en la vida –tanto por su familia como por desconocidos–, que cuando llegó a la Nickel cualquier castigo le parecía una suave caricia.

Era la primera vez que Griff formaba parte del equipo de boxeo. Había llegado a la Nickel en febrero, justo después de que se graduara el anterior campeón, Axel Parks. Axel debería haberse graduado antes de la temporada pugilística, pero los monitores de Roosevelt se aseguraron de que estuviera presente para defender el título. Acusado de robar unas manzanas del comedor, fue degradado de nuevo a Gusano, lo cual garantizó su disponibilidad para el combate. La creciente fama de Griff como el negro más malvado del campus lo convirtió en el sucesor natural de Axel. Fuera del cuadrilátero, Griff había convertido en hobby aterrorizar a los débiles, a los que no tenían amigos, a los lloricas. Dentro del cuadrilátero, su presa se le plantaba delante y no tenía que perder el tiempo buscando víctimas. El boxeo, como la tostadora eléctrica o la lavadora automática, era un moderno electrodoméstico que te hacía la vida más fácil.

El preparador del equipo negro era un tal Max David, natural de Mississippi, que trabajaba en el garaje de la escuela. A final de año recibía un sobre por enseñar lo que había aprendido en sus tiempos de peso welter. Max David le largó un discurso a Griff a principios del verano. «De la primera pelea salí bizco –dijo–, y en el combate de despedida me pusieron bien los ojos otra vez, o sea que si digo que este deporte te destroza para hacerte mejor, más vale que me creas.» Griff sonrió. Durante todo el primer trimestre, el gigante pulverizó y acojonó a sus rivales con cruel inevitabilidad. Carecía de elegancia, no dominaba la técnica, pero era un potentísimo instrumento de violencia. Con eso bastaba.

Dado el tiempo que la mayoría de los alumnos pasaba en la Nickel —salvo sabotaje por parte del personal del centro—, por regla general solo estaban presentes en una o dos temporadas pugilísticas. Conforme se acercaba el campeonato, había que exhortar a los Gusanos sobre la importancia de los combates de diciembre: primero los preliminares en cada residencia, después el combate entre el elegido de tu residencia y los mejores pegadores de las otras dos, y finalmente la pelea entre el mejor boxeador negro y el pardillo que presentaran los blancos. El campeonato sería la única oportunidad que tendrían en la Nickel de conocer la justicia.

El combate servía como una especie de bálsamo, una manera de ayudarlos a soportar las humillaciones diarias. Trevor Nickel había instituido el campeonato de boxeo en 1946, poco después de asumir la dirección de la Escuela Industrial de Florida para Chicos con la misión de reformarla. Nickel no había regentado antes ningún centro educativo; sus antecedentes estaban en la agricultura. Sin embargo, causó gran impresión en las reuniones del Ku Klux Klan con sus discursos espontáneos sobre el enriquecimiento moral y el valor del trabajo, sobre la predisposición de la juventud necesitada de tutelaje. Los poderes fácticos se acordaron de su apasionamiento cuando surgió una vacante. Las primeras navidades de Nickel como director dieron al condado la oportunidad de ser testigo de sus reformas. Todo aquello que necesitaba una mano de pintura recibió una mano de pintura, a las celdas oscuras se les dio brevemente un uso más inocente, las palizas fueron trasladadas al pequeño edificio blanco de mantenimiento. Si los ciudadanos de pro de Eleanor hubieran visto aquel ventilador tamaño industrial, tal vez habrían hecho un par de preguntas, pero aquel edificio no formaba parte del recorrido por las instalaciones.

Nickel era un inveterado paladín del boxeo y había encabezado un grupo de presión para incluir ese deporte en los Juegos Olímpicos. El boxeo siempre había gozado de popularidad en la escuela, ya que la mayoría de los chicos se había metido en broncas y peleas, pero el nuevo director se arrogó todo el mérito. El presupuesto para atletismo, desde siempre un blanco fácil para directores en apuros, fue reajustado a fin de costear un equipo reglamentario y apuntalar el plantel de entrenadores. Nickel siempre mostró un interés particular por el ejercicio en general. Creía fervientemente en el milagro de un espécimen humano en plena forma, y a menudo observaba ducharse a los alumnos a fin de supervisar los progresos de su educación física.

—¿El director? —preguntó Elwood cuando Turner le contó esta última parte.

—¿Y de dónde crees que sacó la idea el doctor Campbell? —dijo Turner. Trevor Nickel ya no estaba, pero todo el mundo sabía que el doctor Campbell, el psicólogo del centro, merodeaba por las duchas de los blancos en busca de víctimas—. Todos esos viejos verdes tienen un club donde se reúnen.

Esa tarde Elwood y Turner estaban pasando el rato en la gradería del gimnasio. Griff entrenaba con Cherry, un mulato que se había apuntado al boxeo por una cuestión de pedagogía, para enseñar a otros a no decir según qué cosas de su madre blanca. Era rápido y ágil, y Griff le zurró a base de bien.

Aquellos primeros días de diciembre, la ocupación favorita de Cleveland era controlar el régimen de Griff. Chicos de las residencias de color hacían la ronda, así como varios observadores blancos que subían la colina para enterarse de cómo iba la cosa. Desde el día del Trabajo, lo habían eximido de trabajar en la cocina para que pudiera entrenarse. Era todo un espectáculo. Max lo tenía a dieta de huevos crudos y gachas, y en la nevera portátil guardaba un frasco que, según él, contenía sangre de cabrito. Cuando el preparador le administraba las dosis, Griff tragaba aquello haciendo mucho teatro y luego se desquitaba machacando el saco de arena.

Turner había visto pelear a Axel dos años atrás, en su primera estancia en la Nickel. Axel era lento de pies pero tan sólido y resistente como un viejo puente de piedra; aguantaba todo lo que le echaran. A diferencia de la actitud displicente de Griff, era de buena pasta y protegía a los de menor edad.

—A saber por dónde andará ahora —dijo Turner—. Ese negro no tiene ni pizca de sentido común. Seguramente estará buscándose problemas otra vez, dondequiera que esté. —Típico de los que pasaban por la Nickel.

Cherry se bamboleó hasta caer de culo en la lona. Griff escupió el protector dental y soltó un bramido. Black Mike entró en el ring y sostuvo en alto el brazo de Griff como si fuera la antorcha de la Estatua de la Libertad.

—¿Tú crees que lo tumbará? —preguntó Elwood.

El probable rival blanco era un tal Big Chet, que procedía de un clan de gente de los pantanos y era un poquito bicho.

—Fíjate en esos brazos, hombre —dijo Turner—. Son como un par de pistones. O como jamones ahumados.

Viendo a Griff desbordar energía después de un combate, mientras dos marmotas le quitaban servilmente los guantes, era difícil imaginar que el gigante pudiera perder una pelea. De ahí que Turner se incorporara de golpe de su siesta cuando, dos días más tarde, oyó a Spencer decirle a Griff que hiciera tongo.

Turner estaba echando un sueñecito en el altillo del almacén, donde solía hacerse un nido entre las cajas de detergente industrial para suelos. Nadie del personal se metía con él cuando entraba solo en el enorme almacén, ya que hacía trabajos para Harper, y eso le permitía disponer de un escondite. Ni supervisores ni alumnos; él solito, una almohada, una manta del ejército y el transistor de Harper. Solía pasar un par de horas a la semana en el altillo. Era como cuando hacía vida de vagabundo y le daba igual no conocer a nadie y nadie se preocupaba de conocerlo a él. Había pasado temporadas así, dando tumbos por las calles cual periódico viejo, sin un sitio fijo. El altillo le había proporcionado uno.

El ruido del portón al cerrarse fue lo que le despertó. Después oyó el rebuzno que Griff tenía por voz:

—¿Qué ocurre, señor Spencer?

—¿Qué tal va ese entrenamiento, Griff? El bueno de Max me ha dicho que tienes un talento innato.

Turner frunció el ceño. Cuando un blanco se interesaba por ti, quería decir que estaba a punto de joderte. Griff era tan tonto que no se enteró de lo que estaba pasando. En clase le costaba sumar dos más tres, como si no supiera cuántos dedos tenía en la mano, el muy burro. Algunos insensatos se reían de él cuando eso pasaba, y Griff dedicaba toda la semana a agarrarlos uno por uno y meterles la cabeza dentro del váter.

Turner no se equivocaba: Griff no se olía el motivo de aquella reunión secreta. Spencer se explayó sobre la importancia del evento y la larga tradición del combate de diciembre. Y entonces lo insinuó: La deportividad bien entendida pasa por dejar que a veces gane el otro equipo. Probó con un eufemismo: Es como la rama de un árbol que tiene que combarse un poco para no partirse. Recurrió al fatalismo: A veces la cosa no funciona, por mucho que uno lo intente. Pero Griff era muy lerdo. «Sí, señor, claro…» «Supongo que tiene razón, señor Spencer…» «Estoy convencido de que así es, señor…» Al final el superintendente le dijo que o dejaba que su negro culo tocara la lona en el tercer asalto, o lo llevaría allí detrás.

—Sí, señor Spencer. Claro, señor —dijo Griff.

Desde el altillo, Turner no pudo verle la cara para saber si realmente lo había entendido. Griff tenía piedras en los puños y rocas en la cabeza.

—Tú sabes que puedes noquearlo. Con eso debería bastarte —terminó diciendo Spencer. Luego carraspeó—. Y ahora venga, vamos —le dijo, como si fuera una oveja que se hubiera descarriado.

Turner volvió a quedarse a solas.

—Qué fuerte, ¿no? —le dijo más tarde a Elwood.

Estaban descansando en los escalones de Cleveland tras una salida a Eleanor. Lucía un sol tímido. El invierno empezaba a cernerse como la tapa sobre una cacerola vieja. Elwood era el único a quien Turner podía contárselo. El resto de aquellos memos se habría ido de la lengua y las consecuencias podían ser graves.

Turner nunca había conocido a un chaval como Elwood. La palabra que le venía todo el tiempo a la cabeza era «resistente», a pesar de que el chico de Tallahassee parecía blando, se portaba como un santito y tenía la irritante tendencia a hablar como si predicara. Y llevaba unas gafas que solo de verlas te entraban ganas de aplastarlas como a una mariposa. Hablaba como un universitario blanco, leía libros cuando no tenía por qué y sacaba uranio de ellos para fabricar su personal bomba atómica. Aun así… resistente.

A Elwood no le sorprendió lo que Turner le había contado.

—El boxeo organizado es corrupto a todos los niveles —dijo con autoridad—. La prensa ha hablado mucho del asunto. —Explicó lo que había leído en el periódico estando en la tienda de Marconi, sentado en su taburete cuando no había faena—. Solo hay una razón para amañar una pelea, y es si has apostado algo.

—Bueno, si yo tuviera dinero apostaría —dijo Turner—. A veces, en el Holiday, lo hacíamos en las finales. Y gané pasta.

—La gente se va a enfadar mucho —dijo Elwood.

La victoria de Griff iba a ser todo un festín, pero casi igual de sabrosos eran los bocados que intercambiaban los chicos por anticipado, los escenarios en los que al púgil blanco se le descontrolaban las tripas o expulsaba un géiser de sangre directamente a la cara del director Hardee o escupía unos dientes blancos «como si se los hubieran arrancado con un picahielos». Fantasías suculentas y reconstituyentes.

—Seguro —dijo Turner—, pero Spencer dice que si no lo hace, lo llevará ahí detrás.

—¿A la Casa Blanca?

—Ven, te lo enseñaré —dijo Turner.

Les quedaba un rato antes de la cena.

Caminaron unos diez minutos hasta la lavandería, que a esas horas estaba cerrada. Turner le preguntó por el libro que llevaba bajo el brazo y Elwood dijo que iba de una familia británica que intentaba casar a la hija mayor para así conservar sus propiedades y el título nobiliario. La historia tenía giros inesperados.

—¿Nadie quiere casarse con ella? ¿Es que es fea?

—La describen diciendo que tiene una cara bonita.

—Pues vaya.

Pasada la lavandería estaban las ruinas de lo que fuera la caballeriza. El techo se había venido abajo tiempo atrás y la naturaleza había invadido el interior, con escuchimizados arbustos y hierbajos creciendo donde antes estaban los pesebres. Allí dentro podías montar una buena trastada siempre y cuando no creyeras en fantasmas, pero como ninguno de los alumnos había llegado a una conclusión clara sobre el particular, todo el mundo evitaba la caballeriza por si acaso. A un lado del establo había dos robles con unos aros de hierro clavados en la corteza.

—Esto es «ahí atrás» —dijo Turner—. Dicen que de vez en cuando traen a algún chico negro y lo encadenan a esas cosas. Con los brazos en cruz. Luego agarran un látigo y lo despedazan.

Elwood cerró los puños con fuerza, pero se contuvo.

—¿A ningún chico blanco?

—En la Casa Blanca no hay discriminación. Aquí sí la hay. Si te traen aquí atrás, después ya no te llevan al hospital. Consta como si te hubieras fugado y se acabó la historia, chaval.

—Pero ¿y la familia?

—¿A cuántos conoces de aquí que tengan familia, o que a su familia le importe lo que les pueda pasar? No todo el mundo tiene tu suerte, Elwood.

Turner se ponía celoso cuando la abuela de Elwood se presentaba en la Nickel y le traía algún tentempié, y ese sentimiento se le escapaba a veces. Como ahora. Elwood iba por el mundo como si llevara anteojeras. Una cosa era la ley: podías ir a una manifestación y blandir tu pancarta e incluso cambiar una ley si lograbas convencer a suficientes blancos. En Tampa, Turner vio a los jóvenes universitarios con sus bonitas camisas y sus corbatas haciendo una sentada en el Woolworths. Él tenía que trabajar, pero ellos allí de protesta. Y ocurrió, sí: abrieron el restaurante también a los negros. De todas formas, Turner no tenía dinero suficiente para comer allí. Puedes cambiar una ley, pero no puedes cambiar a la gente ni la manera en que se tratan unos a otros. La Nickel era el colmo del racismo −la mitad de los que trabajaban allí seguramente se ponían el disfraz del Klan los fines de semana−, pero, tal como lo veía Turner, la maldad era algo más profundo que el color de la piel. Era Spencer. Era Spencer y era Griff, y eran todos los padres que dejaban que sus hijos acabaran allí. La maldad eran las personas.

Por eso Turner había llevado a su amigo hasta aquellos dos árboles. Para enseñarle algo que no salía en los libros.

Elwood agarró una de las argollas y tiró con fuerza. Era muy sólida, formaba ya parte del tronco mismo. Muchos huesos humanos se romperían antes de que se soltara.

Dos días más tarde, Harper les confirmó el tema de las apuestas. Acababan de descargar unos cerdos en Terry's BBQ.

−Pues ya están entregados −dijo Turner cuando Harper cerró el portón de la furgoneta.

Las manos les apestaban a matadero. Turner preguntó por la pelea.

−Apostaré algo cuando vea quién suelta pasta por el ganador −dijo Harper. En tiempos del director Nickel, las apuestas eran de poca monta (la pureza del deporte y tal...), pero ahora se presentaban peces gordos de los tres condados, cualquiera con dinero y ganas de apostar. Bueno, cualquiera no; alguien del personal del centro tenía que responder por ti−.

De todos modos, siempre se apuesta por el chico de color. Lo contrario sería de idiotas.

—En el boxeo todo está amañado —sentenció Elwood.

—Podrido como un predicador rural —añadió Turner.

—Nunca harían algo así —dijo Harper. Era su infancia la que hablaba por él. Había crecido viendo aquellos combates en la sección VIP mientras se atiborraba de palomitas—. Es algo muy bonito.

Turner soltó un bufido y se puso a silbar.

El gran combate estaba dividido en dos veladas. La primera noche, el campus blanco y el campus negro decidían a quién enviar al certamen principal. Dos meses atrás, habían instalado tres cuadriláteros en el gimnasio para que los púgiles pudieran entrenar; ahora solo quedaba uno, situado en el centro de la gran sala. Fuera hacía mucho frío y los espectadores fueron entrando a la húmeda caverna. Blancos de la ciudad se adjudicaron las sillas plegables más cercanas al ring; luego venía el personal del centro; y por último el alumnado, los chicos apretujados en las gradas o sentados en cuclillas en el suelo, codo con codo. La división racial de la escuela se reflejaba también en el gimnasio: los chicos blancos ocupaban el lado sur y los chicos negros reclamaban el norte. En las zonas limítrofes había empellones.

El director Hardee actuaba de maestro de ceremonias. Raras veces se le veía fuera de su despacho en el edificio de administración. A decir verdad, Turner no le había visto el pelo desde Halloween, cuando el director se disfrazó de Drácula y repartió sudorosos puñados de caramelos entre los alumnos más pequeños. Era un hombre de corta estatura, traje bien ceñido y una calva que parecía flotar en un banco nuboso de pelo blanco. Hardee había llevado a su esposa, una robusta belleza cuyas visitas eran profusamente anotadas por el alumnado, si bien a hurtadillas, pues mirar con descaro significaba ganarse una buena zurra. La mujer de Hardee había sido Miss Luisiana del Sur, o eso era lo que contaban. Se daba aire en el cuello con un abanico.

Los Hardee ocuparon sus puestos en la primera fila junto a los miembros del consejo escolar. Turner los conocía a casi todos de haber rastrillado sus jardines o entregado algún jamón. Donde sus cuellos sonrosados sobresalían de la camisa de lino, ahí es donde había que golpear, esos centímetros vulnerables.

Harper se sentó detrás de la fila VIP con el resto del personal. Se comportaba de manera diferente cuando estaba con los demás supervisores, abandonando su condición de gandul. Muchas tardes, Turner había visto cómo le cambiaba la cara y la postura cuando aparecía otro supervisor. Un ponerse firmes, quitarse el disfraz o ponerse otro.

Hardee hizo algunos comentarios. El presidente del consejo escolar, el señor Charles Grayson –gerente del banco y partidario de la Nickel de toda la vida–, cumplía sesenta aquel viernes. Hardee hizo que los alumnos le cantaran el «Cumpleaños feliz» y el señor Grayson se puso de pie y saludó con la cabeza, las manos a la espalda como un dictador.

Las residencias de los blancos subieron al ring en primer lugar. Big Chet pasó con esfuerzo entre las cuerdas y se puso a dar saltitos en el centro del cuadrilátero. Sus animadores se expresaron con brío; eran legión. Los chicos blancos no lo pasaban tan mal como los negros, pero tampoco estaban en la Nickel porque el mundo se preocupara mucho por ellos. Big Chet era su Gran Esperanza Blanca. Corría el rumor de que el chico era sonámbulo y que destrozaba las paredes del cuarto de baño sin despertarse. Por la mañana lo encontraban chupándose los nudillos ensangrentados. «Ese tío parece el monstruo de Frankenstein», dijo Turner. Cabeza cuadrada, brazos largos, andares desgarbados.

La pelea inicial duró tres anodinos asaltos. El árbitro, que durante el día era el encargado de la imprenta, dio vencedor a Big Chet y nadie puso la menor objeción. Estaba considerado, el árbitro, una persona ecuánime desde que una vez abofeteó a un chaval y con el anillo de la fraternidad lo dejó medio ciego. Después de aquel incidente se postró ante

Nuestro Señor y nunca más volvió a levantarle la mano a nadie que no fuera su esposa. La segunda pelea del contingente blanco empezó con un ruido seco: un uppercut neumático que transformó al adversario de Big Chet en un bebé asustado. El resto de aquel asalto y los dos siguientes no hizo más que escabullirse como un conejo. Tras el veredicto del árbitro, Big Chet se hurgó en la boca y escupió el protector partido en dos. Luego alzó sus tremendos brazos al cielo.

—Yo creo que puede con Griff —dijo Elwood.

—Igual sí, pero necesitan asegurarse.

Si tenías el poder de obligar a la gente a hacer lo que querías y no lo ponías nunca en práctica, ¿de qué te servía?

Las peleas entre Griff y los campeones de Roosevelt y Lincoln fueron breves. Pettibone era un palmo más bajo que Griff, una evidente desigualdad cuando los veías frente a frente, pero había vencido al resto de candidatos de Roosevelt y con eso bastaba. Nada más sonar la campana, Griff salió disparado y, con una batería de rápidos golpes al cuerpo, humilló a su contrincante. El público hizo muecas de dolor. «¡Esta noche va a cenar costillas!», gritó un chico detrás de Turner. La señora Hardee soltó un gritito cuando Pettibone quedó como flotando soñoliento sobre las puntas de sus pies para caer de bruces en la sucia lona.

El segundo combate no fue tan desigual. Griff ablandó al chico de Lincoln como si fuera un trozo de carne barata durante tres asaltos, pero Wilson aguantó en pie para demostrarle a su padre lo que valía. Wilson estaba librando dos peleas: la que podía ver todo el mundo y la que solo él podía ver. Su padre había muerto hacía años y por tanto no podía revisar su juicio sobre el carácter de su primogénito, pero esa noche Wilson durmió sin pesadillas por primera vez en años. El árbitro dio vencedor a Griff con una sonrisa de preocupación en los labios.

Turner paseó la mirada por el gimnasio y se fijó en las presas allí reunidas: los chicos y los apostadores. Si has amañado un certamen, tienes que dar algún gusto a los incautos. En

Tampa, no muy lejos de la casa de los Everett, un embaucador ambulante montaba partidas de trile frente a un estanco; les pulía el dinero a los incautos moviendo rápidamente los naipes sobre una caja de cartón. Los anillos que lucía en sus dedos resplandecían como gritos al sol. A Turner le gustaba contemplar la jugada: seguir los ojos del trilero, seguir la mirada del pardillo en su intento de no perder de vista la reina de corazones. Entonces la presa ponía su naipe boca arriba: ¡cómo se le desmoronaba la cara al comprobar que no era tan listo como se pensaba! El trilero le decía a Turner que se largara, pero pasaron las semanas y al final se hartó de decírselo y permitió que el chico rondara por allí. Un día le dijo: «Tienes que dejar que crean que saben lo que está pasando. Ellos lo están viendo con sus ojos, se distraen con eso, y de este modo se les escapa lo que pasa de verdad». Cuando la policía se lo llevó a la cárcel, la caja de cartón quedó tirada durante semanas en la esquina del callejón.

Los combates del día siguiente devolverían a Turner a aquella esquina en Tampa. Observar una ronda de trile, no como trilero ni como pardillo, desde fuera pero conociendo todas las reglas. A la noche siguiente, los espectadores blancos pondrían sus billetes y los chicos negros pondrían sus esperanzas, y entonces el timador giraría el as de espadas y se llevaría todo el dinero. Turner se acordó del gran revuelo que causó el combate de Axel dos años atrás, de la alegría desbocada al comprobar que, por una vez, se les permitía tener algo. Fueron felices durante unas horas, se sintieron parte del mundo libre, y luego de vuelta a la Nickel.

Unos pardillos, desde el primero hasta el último.

La mañana del gran combate final, los alumnos negros se despertaron hechos polvo después de una noche de sueño agitado, y en el comedor todo fueron comentarios sobre la magnitud y la dimensión de la inminente victoria de Griff. «A ese blanquito le van a quedar menos dientes que a mi abuela.» «Aunque el curandero le dé todo un cubo de aspirinas, a ese pobre no se le pasa la jaqueca.» «Los del Ku Klux

Klan se van a pasar toda la semana llorando con la capucha puesta.» El contingente de color echaba humo haciendo conjeturas, sin atender en clase, quedándose embobados en los campos de boniatos. Con la mente puesta en el triunfo de un púgil negro: por una vez, uno de ellos saldría victorioso y quienes los pisoteaban morderían el polvo y verían las estrellas.

Seguido por una cohorte de marmotas, Griff se pavoneaba como un duque negro. Los pequeños lanzaban puñetazos a contrincantes invisibles e inventaron una canción sobre las proezas de su nuevo héroe. Durante una semana, Griff no había maltratado ni hecho sangrar a nadie fuera del ring, como si lo hubiera jurado sobre la Biblia, y en solidaridad, Black Mike y Lonnie se contuvieron. Daba la impresión de que a Griff le traía sin cuidado la consigna de Spencer, o eso le pareció a Elwood.

—Es como si no se acordara —le susurró a Turner mientras se dirigían al almacén después del desayuno.

—Si yo recibiera tantas muestras de respeto, creo que también lo querría disfrutar —dijo Turner. Veinticuatro horas después, sería como si nada hubiera pasado. Recordaba haber visto a Axel la tarde siguiente a su célebre pelea; estaba removiendo una carretilla de cemento, melancólico y apocado una vez más—. ¿Cuándo será la próxima vez que unos imbéciles que te odian y te tienen miedo vayan a tratarte como si fueras Harry Belafonte?

—O se le ha olvidado —insistió Elwood.

Fueron entrando en el gimnasio al caer la tarde. Varios chicos de la cocina estaban haciendo palomitas de maíz en una cazuela y repartiéndolas en cucuruchos de papel. Los marmotas se las zampaban en un santiamén y corrían a ponerse en la cola otra vez para repetir. Elwood, Turner y Jaimie se sentaron juntos. Aunque la gradería estaba abarrotada, consiguieron un buen sitio.

—Oye, Jaimie, ¿tú no tendrías que estar sentado ahí enfrente? —dijo Turner.

Jaimie sonrió.

—Tal como yo lo veo, voy a ganar pase lo que pase —dijo.

Turner cruzó los brazos y se puso a estudiar a los de las localidades más próximas al ring. Allí estaba Spencer. Tras estrechar la mano de los peces gordos de la primera fila, y del director y su mujer, tomó asiento con el resto del personal, con aire satisfecho y seguro de sí mismo. Se sacó una petaca de plata de la cazadora y echó un traguito. El gerente del banco repartió habanos. La señora Hardee cogió uno y todo el mundo se quedó mirando cómo expulsaba el humo. Caprichosos jirones grises danzaron a la luz cenital como fantasmas vivientes.

En el otro lado de la sala, los chicos blancos pateaban los tablones de la gradería y el estrépito rebotaba en las paredes. Los chicos negros se hicieron eco y el rugido barrió el gimnasio como una estampida. No cesó hasta que hubo dado la vuelta completa, y luego los chicos vitorearon ante su propio estruendo.

—¡Mándalo al sepulturero!

El árbitro tocó la campana. Los dos púgiles eran de la misma estatura y complexión, tallados en la misma cantera. Un combate igualado, pese al historial de victorias de los púgiles de color. En los momentos iniciales, apenas hubo juego de cintura ni baile de piernas. Los chicos intercambiaron ataques constantes, aguantando el dolor. El público rugía y jaleaba sin cesar ante cada avance y retroceso. Black Mike y Lonnie no paraban de gritar invectivas escatológicas contra Big Chet, agarrados a las cuerdas, hasta que el árbitro les dio un par de manotazos para apartarlos de allí. Si Griff temía cargarse accidentalmente al otro, no dio muestras de ello. El gigante negro aporreaba sin piedad a su oponente, encajaba los contraataques del blanco, le golpeaba el rostro como si quisiera derribar la pared de una cárcel a puñetazo limpio. Y cuando quedó medio cegado por el sudor y la sangre, Griff supo intuir la posición de Big Chet y quitárselo de encima.

Al final del segundo asalto, parecía que el combate se decantaba claramente a favor de Griff, pese a la admirable ofensiva de Big Chet.

—Está disimulando bastante bien —comentó Turner.

Elwood frunció un ceño desdeñoso ante todo aquel teatro, lo cual hizo sonreír a su amigo. La pelea estaba tan amañada, era tan corrupta como las carreras de lavar platos de las que le había hablado a Turner, un engranaje más en la máquina de mantener a los negros sometidos. Turner disfrutaba de ese viraje de su amigo hacia el cinismo. Y aun así, estaba fascinado por la magia del gran combate. Ver que Griff, enemigo y campeón de los chicos negros, estaba infligiendo un duro castigo a aquel blanco le hacía sentir bien. A pesar suyo. A las puertas del tercer y último asalto, Turner quiso agarrarse a ese sentimiento. Era algo real —en la sangre y en la mente de todos ellos—, aunque todo fuera un engaño. Estaba convencido de que Griff iba a ganar aun cuando sabía que no iba a ser así. Después de todo, el propio Turner era un pardillo más, otro incauto, pero le importaba muy poco.

Big Chet avanzó sobre Griff con una serie de golpes rápidos que lo mandaron a su rincón. Griff estaba acorralado y Turner pensó: «Ahora». Pero no, el chico negro se abrazó a su adversario y consiguió mantenerse en pie. Varios puñetazos al cuerpo hicieron tambalearse al blanco. Quedaban poco segundos para concluir el asalto y Griff no paraba. Big Chet le aplastó la nariz de un golpe seco y Griff se lo quitó de encima. Cada vez que Turner veía el momento ideal para dejarse caer a la lona —la dura ofensiva de Big Chet disimularía incluso la peor actuación—, Griff desechaba la oportunidad.

Turner le dio un codazo a Elwood, que ahora parecía aterrorizado. Lo vieron claro: Griff no iba a dejarse ganar. Lucharía hasta el final.

Sin importar lo que pasara después.

Cuando la campana sonó por última vez, los dos chicos de la Nickel estaban trabados en el ring, relucientes de sudor y de sangre, apuntalándose el uno al otro como un tipi humano.

El árbitro los separó y cada púgil fue hacia su rincón, destrozados.

—Joder —dijo Turner.

—Igual han suspendido el tongo —dijo Elwood.

Sí, podía ser que el árbitro estuviera metido también en el ajo y hubieran decidido arreglarlo de esa manera. Pero la reacción de Spencer invalidó esa teoría. El superintendente era la única persona de la primera fila que seguía sentada, con un ceño malévolo retorciéndole el semblante. Uno de los peces gordos se giró hacia él, con el rostro colorado, y lo agarró del brazo.

Griff se puso de golpe en pie y se dirigió tambaleante hacia el centro del ring, gritando algo. El alboroto del público sofocó sus palabras. Black Mike y Lonnie sujetaban a su amigo, que parecía haberse vuelto loco y forcejeaba para cruzar el cuadrilátero.

El árbitro pidió a todos que se calmaran un poco y dio su veredicto: los dos primeros asaltos habían sido para Griff, el último para Big Chet. Los chicos negros se habían impuesto.

En lugar de ponerse a dar saltos de alegría por la lona, Griff se soltó de sus amigos y fue derecho hacia donde estaba Spencer. Esta vez, Turner pudo oír lo que decía: «¡Pensaba que era el segundo asalto! ¡Pensaba que era el segundo!». Seguía gritando cuando sus compañeros se llevaron al campeón de regreso a Roosevelt entre vítores y gritos. Nunca habían visto llorar a Griff y pensaron que sus lágrimas eran de triunfo.

Que te peguen en la cabeza puede dañarte los sesos. Que te peguen en la cabeza de esa manera puede dejarte aturullado y confuso. Pero Turner nunca pensó que eso te hiciera olvidar cuánto son dos más uno. Claro que a Griff nunca se le había dado bien la aritmética…

Aquella noche en el ring Griff había sido todos ellos en un solo cuerpo negro, y también fue todos ellos cuando los hombres blancos lo llevaron allí detrás, donde estaban las dos argollas. Fueron a por él aquella noche y ya nunca más volvió. La versión aceptada fue que Griff era demasiado orgulloso para aceptar un tongo. Que se negó a doblar la rodilla. Y si creer que Griff había escapado, que había conseguido soltarse y huir al mundo libre, hacía sentirse mejor a los chicos, nadie les dijo lo contrario, aunque algunos hicieron notar que era raro que no hubiera sonado la alarma de la escuela o que no hubieran soltado a los perros. Cuando el estado de Florida lo desenterró cincuenta años después, el forense observó las fracturas que tenía en ambas muñecas y dictaminó que probablemente lo habían tenido esposado antes de morir, aparte de las otras señales de violencia de las que daban fe sus huesos rotos.

La mayoría de los que conocen la historia de las argollas en los árboles han muerto ya. Los hierros siguen allí. Oxidados. Hincados en el duramen. Dando testimonio de lo ocurrido a quien quiera escuchar.

10

Unos bellacos habían reventado las cabezas de los renos. Cuando los chicos fueron a empaquetar los delicados decorados de Navidad una vez pasadas las fiestas, era de esperar que mostraran un cierto desgaste. Cornamentas dobladas, una pata torcida y astillada. Pero lo que se encontraron fue un espectáculo del peor vandalismo.

—Mirad esto —dijo la señorita Baker, y sorbió entre dientes. Era bastante joven para estar trabajando de profesora en la Nickel, y tenía cierta propensión a indignarse. En la Nickel, esa ira suya siempre a punto de estallar nacía del lamentable estado de la sala de plástica de los chicos negros, el escaso material y lo que solo podía interpretarse como resistencia institucional a las mejoras que ella proponía. Los profesores jóvenes solían durar poco en la Nickel—. Con lo que nos costó...

Turner extrajo la bola de papel de periódico arrugado de dentro del cráneo del reno y lo alisó. El titular era un veredicto sobre el primer debate entre Nixon y Kennedy: DERROTA APLASTANTE.

—Ese está acabado —dijo.

Elwood levantó la mano.

—¿Quiere que los hagamos todos nuevos o solo las cabezas, señorita Baker?

—Creo que los cuerpos podremos salvarlos —dijo la profesora. Torció el gesto y se recogió los rizos pelirrojos en un moño—. Haced solo las cabezas. Arreglad un poco el pelaje de los cuerpos y el año que viene empezaremos de cero.

Visitantes de todo el mango de Florida, familias procedentes de Georgia y Alabama, llegaban cada año en caravana a la Nickel para ver la feria navideña. Era el orgullo de la dirección del centro, un acto para captar fondos que demostraba que la idea de reformar no era simple idealismo sino una propuesta factible. Un gran montaje, con todos sus pertrechos. Ocho kilómetros de luces de colores colgaban de los cedros y delineaban los tejados de la zona sur del campus. Para armar el Papa Noel de casi diez metros que había al pie del camino de entrada había sido necesaria una grúa. Las instrucciones de montaje del tren en miniatura que daba vueltas alrededor del campo de fútbol americano se transmitían de década en década cual pergaminos de una secta solemne.

El año anterior habían acudido a la escuela más de cien mil asistentes. El director Hardee dijo que no había motivo para que los buenos muchachos de la Academia Nickel no pudieran mejorar esa cifra.

Los alumnos blancos se encargaron de la construcción y el montaje de los arreglos de mayor envergadura —el enorme trineo, el diorama del Nacimiento, las vías del tren—, y los alumnos negros se ocuparon de casi toda la pintura. Retoques, añadidos nuevos. Corregir los errores artísticos de anteriores alumnos menos meticulosos, así como restaurar las viejas bestias de carga. Bastones de caramelo de casi un metro de alto flanqueaban la pasarela de cada una de las residencias, y siempre había que darles una nueva mano de pintura roja y blanca. En las gigantescas felicitaciones navideñas podían verse personajes de cuento de hadas como Hansel y Gretel o los Tres Cerditos, además de recreaciones bíblicas y otros motivos clásicos de la Navidad. Estaban colocadas sobre caballetes a lo largo de los caminos de la escuela como si adornaran el vestíbulo de un gran teatro.

A los alumnos les encantaba esta época del año, ya fuera porque les recordaba las navidades pasadas en casa, por miserables que hubieran sido, ya fuera porque era la primera vez que la celebraban en su vida. Todo el mundo tenía su regalo

—en ese sentido, el condado de Jackson era generoso—, blancos y negros por igual, y no solo jerséis y ropa interior, sino también guantes de béisbol y cajas de soldaditos de plomo. Durante una mañana eran como hijos de casa buena y barrio decente, donde las noches eran tranquilas y sin pesadillas.

El propio Turner tuvo razones para sonreír cuando retocó la felicitación del hombre de jengibre y se acordó del grito de aquel héroe de cuento: «¡No me podrás atrapar, no me podrás atrapar!». Una buena manera de ser. Aunque no recordaba cómo acababa la historia.

La señorita Baker dio el visto bueno a su trabajo y Turner fue a reunirse con Jaimie, Elwood y Desmond en la zona del papel maché.

—Jaimie propone a Earl —susurró Desmond.

Desmond consiguió el material, pero fue a Jaimie a quien se le ocurrió. Era una propuesta inverosímil viniendo de un alumno que acababa de llegar a Pionero. A un paso de salir de la Nickel. Jaimie, como Elwood, se había criado en Tallahassee, pero a ese respecto no tenían nada más en común. Diferentes vecindarios, ciudades diferentes. Su padre, según le habían contado, era un estafador a jornada completa y representante a tiempo parcial de una empresa de aspiradoras, que recorría todo el estado de Florida yendo de puerta en puerta. No estaba claro cómo había conocido a la madre de Jaimie, pero este era la prueba fehaciente de su relación; la otra era la aspiradora que se mudaba siempre con ellos cuando cambiaban de vivienda, cosa que ocurría a menudo.

Ellie, la madre de Jaimie, limpiaba en la planta embotelladora que Coca-Cola tenía en South Monroe, en All Saints. Jaimie y su pandilla solían rondar por la cercana playa de maniobras del ferrocarril, jugando a los dados o pasándose un manoseado *Playboy*. Jaimie era un buen muchacho, no el más aplicado a la hora de asistir a clase, pero nunca hubiera ido a parar a la Nickel de no ser porque un viejo borrachín que merodeaba por las vías le metió mano a uno de la pandilla y los chicos le dieron una paliza de muerte. Jaimie fue el único que corrió menos que los polis.

Durante su estancia en el centro, el mexicano había sabido evitar las riñas que eran allí moneda corriente, las incontables disputas de índole psicológica y las múltiples violaciones de derechos. Aunque lo cambiaban de residencia con frecuencia, Jaimie no armaba alboroto y se ceñía al manual de conducta: un milagro, puesto que nadie había visto el famoso manual a pesar de que los empleados del centro lo invocaban a cada momento. Como la justicia, existía solo en teoría.

Echarle algo a la bebida de un supervisor no iba con su personalidad.

Sea como fuere: Earl.

Desmond trabajaba en los campos de boniatos. Sin quejarse. Le gustaba el olor de los tubérculos en el momento álgido de la recolección, aquel aroma cálido a turba. Como el olor a sudor de su padre cuando volvía del trabajo e iba a ver si Desmond estaba bien arropado en la cama.

La semana anterior había formado parte de una cuadrilla encargada de reorganizar uno de los cobertizos, el grande de color gris donde guardaban los tractores. La mitad de las bombillas estaban fundidas y había nidos de bichos en varios lugares. Uno de los rincones estaba lleno de telarañas y Desmond hurgó allí con una escoba, temeroso de lo que pudiera salir disparado. Reconoció algunas de las latas que había sueltas por allí y les buscó un sitio para guardarlas, pero había una verde tan descolorida que no se podía ver qué era. La sacudió: estaba totalmente compacta. Preguntó a uno de los mayores qué tenía que hacer con ella, y el chico le dijo que aquel no era su sitio. «Eso es medicina para caballos, para que vomiten cuando han comido algo que no deberían.» La vieja caballeriza quedaba bastante cerca del cobertizo; tal vez habían trasladado algunas cosas al cerrarla definitivamente. Por regla general, en la Nickel las cosas iban a parar a donde se suponía que debían hacerlo, pero de vez en cuando algún perezoso o algún pillo trastocaba el orden.

Desmond decidió esconder la lata en su cazadora y llevarla a Cleveland.

Uno de los chicos —cuando todo terminó, nadie recordaba quién— propuso echar un poco en la bebida de algún supervisor. Si no, ¿para qué la había cogido Desmond? Pero fue Jaimie quien, refutando con serenidad todos los contraargumentos, acabó de perfilar el plan. «¿Tú a quién se lo darías?», fue preguntando por turnos, con aire retórico. Solía tartamudear un poco cuando formulaba preguntas —tenía un tío con la mano muy suelta—, pero el tartamudeo desapareció cuando hablaron de la lata.

Desmond apostó por Patrick, un monitor que le había pegado por mojar la cama y le obligó a trasladar el colchón a la lavandería en plena noche.

—Ese capullo de mierda… Me encantaría verle vomitar hasta la primera papilla.

Estaban en la sala de recreo de Cleveland, después de clase. No había nadie más cerca. De cuando en cuando les llegaban vítores procedentes de uno de los campos de deporte. «¿Tú a quién se lo darías?» Elwood sugirió a Duggin. Nadie sabía que había tenido un encontronazo con él. El tal Duggin era un blanco de espaldas anchas que iba de acá para allá con una expresión soñolienta, bovina. De pronto te lo encontrabas a dos palmos de ti, como un charco o un bache, y aprendías que aquellas manazas que tenía se movían más rápido de lo que pensabas, pellizcando omóplatos con saña o apretando cuellos flacuchos. Elwood les contó que el supervisor le había pegado un puñetazo en el estómago por hablar con un alumno blanco, un chico al que había conocido en el hospital. La fraternización entre alumnos de diferentes campus estaba mal vista. Los chicos asintieron —«Tiene lógica»—, pero todo el mundo sabía que Elwood en realidad quería dárselo a Spencer. Por lo de las piernas. Nadie se atrevió a mencionar el nombre de Spencer en relación con aquella fantasía, de lo contrario no se lo habrían pensado dos veces.

—Yo propongo a Wainwright —intervino Turner. Les explicó que, en su primera estancia en Nickel, Wainwright lo había pillado fumando y le golpeó tan fuerte en la cabeza que le salió un bulto en la mejilla. Wainwright era de piel clara, pero todos los chicos de color sabían, por sus cabellos y su nariz, que debía de tener sangre negra. Les pegaba porque sabían lo que él fingía ignorar de sí mismo—. Por aquel entonces yo estaba más verde que tú, El.

Después de aquello, nadie lo había vuelto a pillar fumando.

Cuando le tocó el turno a Jaimie, se limitó a decir «Earl», sin más explicación.

¿Por qué?

—Él lo sabe.

Fueron pasando los días y la trastada empezó a tomar cuerpo entre partidas de damas y de pimpón. Surgían nuevas víctimas potenciales cuando veían que otro alumno era maltratado o de repente se acordaban de cierto agravio personal, una regañina, un guantazo en la oreja. Pero un nombre se repetía casi siempre: Earl. Elwood se olvidó de Duggin y un día también propuso a Earl. No es que Earl le hubiera pegado la noche en que lo llevaron a la Casa Blanca, pero, ya que Spencer estaba descartado, era una buena alternativa. Venía a ser casi lo mismo.

Es posible que Elwood ya supiera la respuesta cuando un día preguntó:

—¿Qué es el Almuerzo Festivo?

El día del Almuerzo Festivo estaba marcado en el calendario grande que había en el vestíbulo de la residencia. Desmond dijo que no era para ellos, sino para el personal del centro. Una gran comida para celebrar un año más de duro trabajo en el campus norte.

—Y suelen elegir las mejores piezas de carne para darse un buen atracón —dijo Turner.

Muchos alumnos se ofrecían voluntarios como camareros para la ocasión, pensando en acumular méritos.

—Sería un buen momento para hacerlo —comentó Desmond, diciéndolo pero sin decirlo.

Jaimie, como siempre, dijo:

—Earl.

Earl trabajaba unas veces en el campus norte y otras en el campus sur. En circunstancias normales, los chicos se habrían enterado del motivo de la mala sangre entre Jaimie y el supervisor, pero como ambos pasaban bastante tiempo en la zona blanca, los otros no tenían manera de saber qué había ocurrido allá abajo. Podía haber sido cualquier cosa: un paseo por el Callejón del Amor, una respuesta impertinente, una jugarreta de algún chico blanco. Earl solía participar en sesiones etílicas en el parque de vehículos. Cuando la luz estaba encendida por las noches y se los oía armar bulla, uno rezaba para no recibir una paliza o para que no lo eligieran para ir al Callejón del Amor. La cosa acababa mal, seguro.

Extraña medicina en una vieja lata de color verde. Los chicos fueron cobrando conciencia del peso de aquellas palabras, de aquel mantra de justicia. Justicia o venganza. Nadie quería reconocer que lo que planeaban era algo real. Siguieron hablando de ello conforme se acercaba la Navidad, sopesándolo cada cual interiormente. A medida que la trastada fue dejando de ser una idea abstracta para convertirse en algo más sólido, con sus «cómo» y sus «cuándo» y sus «y si», Desmond, Turner y Jaimie acabaron excluyendo a Elwood sin darse cuenta. Aquello iba contra su conciencia moral. Difícil imaginarse al reverendo Martin Luther King Jr. administrando al gobernador Orval Faubus una dosis doble de lejía. Además, la paliza en la Casa Blanca le había dejado otras cicatrices aparte de las de las piernas. Había afectado a su carácter como el gorgojo al algodón. Solo había que ver cómo todo él se encogía a la vista de Spencer, los respingos que daba. Más tarde o más temprano, si seguían hablando de venganza, Elwood se echaría atrás.

Y luego la cosa explotó y los chicos dejaron de hablar de ello.

—Seguro que nos caería una buena —dijo Desmond cuando Jaimie inició una nueva ronda para señalar a una víctima.

—Hay que andarse con ojo —dijo Jaimie.

—Yo me voy a jugar al baloncesto —dijo Desmond.

Turner soltó un suspiro. Tenía que admitir que el juego se había vuelto aburrido. Fue agradable imaginarse a uno de sus torturadores vomitando a todo meter en el Almuerzo Festivo y dejando a todos aquellos cabronazos hechos una pena. Cagándose en los pantalones, la cara colorada de puros dolores, arcada tras arcada hasta que no le saliera ya comida sino su propia sangre oscura. Una visión agradable, una clase distinta de medicina. Pero no lo iban a hacer, y esta cruda realidad lo estropeó todo. Turner se puso de pie y Jaimie meneó la cabeza y fue con ellos a jugar al baloncesto.

El día del Almuerzo Festivo, un viernes, la cuadrilla del servicio comunitario estaba haciendo la ronda. Harper, Turner y Elwood recién habían terminado en la tienda de baratillo cuando el supervisor anunció que tenía algo que hacer.

—Vuelvo enseguida —dijo—. Podéis esperar aquí.

La furgoneta se perdió de vista. Turner y Elwood recorrieron el sórdido callejón hasta la calle mayor. No era la primera vez que Harper los dejaba solos, como la vez que estuvieron trabajando en casa de uno de los miembros del consejo escolar. Pero nunca en la calle mayor de Eleanor. Pese a llevar ya dos meses descargando material en callejones, Elwood no acababa de creérselo.

—¿Podemos dar una vuelta? —le preguntó a Turner.

—Mejor si no armamos mucho alboroto, pero sí —dijo Turner, fingiendo que aquello ya había pasado montones de veces.

Tampoco era raro ver a alumnos de la Nickel en la calle mayor. Los chicos bajaban de los autobuses grises de la escuela con sus petos vaqueros proporcionados por el estado para hacer servicio comunitario (el de verdad, no los servicios especiales que les encargaban a Turner y Elwood), como limpiar el parque después de los fuegos artificiales del Cuatro de

Julio o después del desfile del día de los Fundadores. Cuatro veces al año el coro visitaba la iglesia baptista para lucir sus hermosas voces mientras la secretaria del director Hardee iba repartiendo sobres para donativos. Se podía ver a algún chico de la Nickel acompañando a un supervisor que había ido a la ciudad para resolver algún asunto rápido. Pero dos chicos de color, solos, eso ya no era normal. Y menos a la hora del almuerzo. La gente blanca de Eleanor intentó explicarse su presencia. Los chavales no parecían nerviosos ni asustados. Su supervisor habría entrado seguramente en la ferretería; el señor Bontemps odiaba a los negros y los habría hecho esperar fuera. Los blancos pasaban de largo. No era asunto suyo.

El escaparate de la tienda de baratillo era un despliegue de juguetes navideños: robots a cuerda, pistolas de aire comprimido, trenes en miniatura. Los chicos supieron disimular su entusiasmo por cosas de críos que aún encontraban atractivas. A la altura del banco apretaron el paso, no fuera a aparecer por allí algún miembro del consejo escolar, o algún blanco de los que estampaban su firma en documentos oficiales, como las ordenanzas del reformatorio.

—Se me hace raro estar aquí —dijo Elwood.

—Tú tranquilo —dijo Turner.

—Nadie está mirando —dijo Elwood.

Las aceras estaban desiertas, apenas había tráfico. Turner miró a su alrededor y sonrió. Sabía lo que Elwood estaba pensando.

—Casi todos dicen que lo mejor es huir a los pantanos —dijo Turner—. Te quitas el olor de encima para que los perros no puedan seguir el rastro, te escondes allí hasta que no haya moros en la costa y luego haces autostop. Dirección oeste o norte. Pero así es como te pillan, porque todo el mundo huye hacia el norte o el oeste. Y tampoco hay manera de quitarse el olor: eso solo pasa en las películas.

—¿Tú cómo lo harías?

Turner había pensado en ello muchas veces, pero nunca lo había compartido con nadie.

—Hay que venir aquí, al mundo libre, y no a los pantanos. Birlar ropa de algún tendedero. Ir hacia el sur, porque no se esperan que lo hagas. ¿Sabes esas casas vacías que se ven cuando vamos de reparto? Como la del señor Tolliver; él siempre está en la capital por negocios. Pues se trata de colarse en una casa para coger víveres y luego poner tierra de por medio entre los perros y tú, cuantos más kilómetros mejor, para agotarlos. El truco está en no hacer lo que ellos saben que vas a hacer. —Entonces se acordó de lo más importante—. Y no te fugues con nadie, con ninguno de esos idiotas, porque serán tu perdición.

Habían llegado andando tranquilamente hasta la farmacia. Dentro había una mujer rubia agachada sobre un cochecito, dándole cucharaditas de helado a su bebé. La criatura, que estaba toda manchada de chocolate, berreaba de felicidad.

—¿Tienes algo de dinero? —dijo Turner.

—Más que tú —dijo Elwood.

Ni un centavo. Se rieron porque sabían que en la tienda no servían a gente de color, y a veces la carcajada conseguía arrancar algunos ladrillos de aquel muro tan alto y tan ancho de la segregación racial. Y se rieron porque lo último que les apetecía era un poco de helado.

La aversión de Elwood era comprensible: aquella visita a la Fábrica de Helados había dejado su impronta. A Turner no le gustaba nada el helado por culpa del novio de su tía, que había ido a vivir con ellos cuando él contaba once años. Mavis era hermana de su madre y la única familia que le quedaba a Turner. El estado de Florida no tenía constancia de su existencia, de ahí el espacio en blanco en los formularios donde debería aparecer su nombre, pero el chico había vivido un tiempo con ella. El padre de Turner, Clarence, era un poco trotamundos, aunque no hacía falta que nadie se lo contara porque él cojeaba del mismo pie. Lo que recordaba de él eran dos manos enormes y una risa áspera. Cuando oía el rumor de las hojas otoñales arrastradas por el viento se acordaba del sonido de aquella risa, del mismo modo que los chicos de la

Nickel se acordaban de la Casa Blanca, décadas más tarde, cuando oían el chasquido seco del cuero.

Turner vio a su padre por última vez cuando tenía tres años. Después de aquello, ya no supo más de él. Dorothy, su madre, aguantó un tiempo más, lo suficiente para acabar ahogándose con su propio vómito. Le iba el matarratas, y cuanto más fuerte mejor. Lo que se echó al coleto la noche en que murió la dejó hecha un guiñapo, morada y tiesa, en el sofá de la sala de estar. Turner sabía dónde estaba ahora —a dos metros bajo tierra en el cementerio de St. Sebastian—, algo que no podía afirmar, en cambio, su honorable amigo Elwood. Los padres de Elwood se habían largado al Oeste y ni siquiera se habían molestado en mandarle una postal. ¿Qué clase de madre abandona a su hijo en plena noche? Una a quien no le importa un bledo. Turner tomó nota mental de este detalle para utilizarlo como golpe bajo si alguna vez Elwood y él se liaban a tortas. Turner sabía que su madre le había querido, pero su amor por la priva había sido más fuerte.

La tía Mavis lo acogió en su casa y se aseguró de que Turner tuviera ropa bonita para ir a la escuela y tres comidas diarias. El último sábado de cada mes se ponía su vestido rojo, el bueno, y se rociaba perfume en el cuello para salir con sus amigas, pero aparte de eso su vida se reducía al hospital, donde trabajaba de enfermera, y a Turner. Nunca le habían dicho que fuera guapa. Tenía unos ojos negros diminutos y una barbilla huidiza, y cuando Ishmael empezó a cortejarla, Mavis se enamoró en un santiamén. Él le decía que era guapa y otras muchas cosas que ella no había oído jamás. Ishmael trabajaba en mantenimiento en el aeropuerto de Houston, y cuando se presentaba con flores apenas disimulaban el pestazo industrial que impregnaba su piel por muy a fondo que se lavara.

Ishmael era un hombre intimidante que parecía hacer acopio de violencia como quien carga una batería. Así fue como Turner aprendió a reconocer a ese tipo de individuos. Cómo se le iluminaba la cara a su tía Mavis pensando en él, cómo se ponía a cantar canciones de las películas musicales que tanto le gustaban o se encerraba en el cuarto de baño con un cepillo alisador eléctrico y el transistor a todo trapo. Afinando y desafinando. A Turner nunca le dio por pensar por qué una vez su tía llevó puestas unas gafas de sol dos semanas seguidas, o por qué algunos días no salía de su cuarto hasta pasado el mediodía, cojeando entre suaves gemidos.

El día después de que Turner se interpusiera entre Mavis y los puños de Ishmael, este se lo llevó a tomar un helado a A. J. Smith's, en Market Street. «Póngale a este joven la copa de helado más grande que tenga.» Como un calcetín en la boca, cada bocado. Turner se tragó hasta la última miserable cucharada, y desde aquel día comprendió que los adultos siempre están intentando sobornar a los niños para que olviden sus malas acciones. Tenía el sabor de ese hecho en la boca la última vez que escapó de casa de su tía.

En la Nickel servían helado de vainilla una vez al mes, y los alumnos daban tales saltos de alegría, chillando como un hatajo de cochinillos tontos en una pocilga, que a Turner le entraban ganas de machacarlos. El tercer miércoles de ese mes, Turner y Elwood habían entregado por la puerta de atrás de la farmacia de Eleanor casi toda la provisión de helado destinada al campus norte, y Turner tuvo la sensación de estar prestando un servicio a sus compañeros, de estar salvándolos.

La mujer rubia empujó el cochecito hacia la puerta y Elwood la abrió para que pasara. La mujer no dijo ni palabra.

En ese momento llegó Harper y les hizo señas desde la furgoneta.

—¿Estáis tramando algo? —dijo.

—Sí, señor —respondió Turner. Luego le susurró a Elwood—: Ahora no me vayas a robar el plan. Es oro puro.

Se montaron en la furgoneta.

Al pasar frente al edificio de administración camino del campus de color, vieron varios corrillos de alumnos con gesto preocupado. Harper aminoró la marcha y llamó a uno de los chicos blancos.

—¿Qué ocurre?

—Se han llevado al señor Earl al hospital. Algo malo le pasa.

Harper aparcó la furgoneta junto al almacén y se fue corriendo al hospital. Elwood y Turner se apresuraron a volver a Cleveland, el primero lanzando miradas hacia todos lados como una ardilla, y el segundo tratando de aparentar tranquilidad, lo que le hacía moverse como un robot espacial. Necesitaban saber qué había pasado. Aunque los campus estaban segregados, chicos blancos y negros se pasaban información por aquello de ahorrarse sustos. En ocasiones la Nickel era como estar de vuelta en casa, donde el hermano o la hermana mayor a los que odiabas te avisaban si papá o mamá estaban de un humor de perros o tenían una trompa monumental, para que estuvieses preparado.

Encontraron a Desmond delante del comedor de los chicos negros. Turner se asomó al interior. La mesa del personal todavía estaba puesta. Medio puesta, en realidad; las sillas volcadas indicaban que se había armado un gran revuelo, y el reguero de sangre mostraba por dónde se habían llevado a rastras el cuerpo de Earl.

—No creo que fuera medicina —dijo Desmond. Aquel vozarrón suyo añadió un toque siniestro a sus palabras.

Turner le propinó un puñetazo en el hombro.

—¡Vas a hacer que nos maten!

—¡Yo no he sido! ¡Yo no he sido! —exclamó Desmond, mirando por encima de Turner hacia la Casa Blanca.

Elwood se llevó una mano a la boca. En la sangre se veía la mitad de una huella de zapato de faena. Eso le hizo reaccionar, y miró colina abajo para ver si venían a por ellos.

—¿Dónde está Jaimie? —dijo.

—Maldito negro —masculló Desmond.

Discutieron la estrategia sentados en los escalones del comedor. Turner propuso mezclarse con los otros para conseguir información sobre el estado de Earl. Lo que no dijo fue que quería quedarse allí porque estaba a un tiro de piedra de la carretera que bordeaba el lado oriental del campus. Si aparecía Spencer con una partida, saldría de allí pitando. «No me podrás atrapar, soy el hombre de jengibre.»

Con la ropa arrugada y medio aturdido, como si acabara de hacer un viaje en las sillas voladoras, Jaimie apareció una hora después y completó los detalles de la historia que otros chicos le habían contado. El Almuerzo Festivo había empezado como de costumbre. Sobre la mesa del personal habían dispuesto el mantel que solamente sacaban una vez al año, y habían desempolvado la vajilla buena. Los supervisores ocuparon sus puestos y empezaron a beber cerveza, a contar chascarrillos y a hacer especulaciones subidas de tono sobre las secretarias y profesoras de pechos más generosos. Armaban mucho alboroto y se lo pasaban en grande. Al cabo de un rato, Earl se levantó de golpe y se agarró el estómago. Pensaban que se había atragantado. Un momento después empezaba a arrojarlo todo por la boca. Cuando lo que salió fue sangre, sus compañeros lo trasladaron rápidamente al hospital.

Jaimie les contó que había estado esperando fuera, con los demás chicos, hasta que una ambulancia se lo llevó.

—Estás loco —dijo Elwood.

—Yo no he sido —exclamó Jaimie. Tenía la cara pálida—. Estaba jugando al fútbol. Todo el mundo me ha visto.

—La lata ha desaparecido de mi taquilla —dijo Desmond.

—Te digo que yo no la he cogido —protestó Jaimie—. Puede que te la hayan robado y lo haya hecho otro. —Le dio un golpe en el hombro—. ¡Dijiste que era medicina para caballos!

—Eso fue lo que me dijo aquel chico —repuso Desmond—. Ya lo viste: había un caballo pintado en la lata.

—Puede que fuera una cabra —dijo Turner.

—Tal vez fuera veneno para caballos —dijo Elwood.

—O para cabras —añadió Turner.

—Que no son ratas, tonto —replicó Desmond—. A los caballos les pegan un tiro, no les dan veneno.

—Entonces tiene suerte de estar vivo —dijo Jaimie.

Elwood y Desmond continuaron presionándolo, pero el otro no modificó su versión.

No era fácil pasar por alto el amago de sonrisa que animaba de vez en cuando los labios de Jaimie. Turner no estaba enfadado porque su amigo les estuviera mintiendo a la cara. Admiraba a los embusteros que seguían mintiendo aunque sus mentiras fueran más que evidentes, pero no había nada que hacer al respecto. Una prueba más de la propia impotencia ante otras personas. Jaimie no iba a confesar, de modo que Turner se limitó a observar lo que pasaba al pie de la loma.

Earl no murió, pero tampoco se reincorporó al trabajo. Órdenes del médico. Irían conociendo esos detalles en los días que siguieron. Y unas semanas después descubrirían que el sustituto de Earl, un tipo alto de nombre Hennepin, era todavía más perverso y sometería a más de un chico a sus crueles caprichos. Pero aquella primera noche la pasaron sin excesivo nerviosismo, y cuando se enteraron de que el doctor Cooke había achacado el ataque de Earl a un problema de constitución —por lo visto, había antecedentes familiares—, Turner dejó de maquinar potenciales métodos de fuga.

Momentos antes de que apagaran las luces, Elwood y él estaban junto al roble grande que había delante de la residencia. El campus se había calmado. Turner tenía ganas de fumar, pero se había dejado el tabaco en el altillo del almacén. Por hacer algo, se puso a silbar aquella canción de Elvis que Harper cantaba siempre cuando iban a Eleanor.

Los bichos nocturnos empezaron a manifestarse de golpe.

—Earl —dijo Turner—. Menuda mierda.

—Ya, pero me gustaría haber estado allí para verlo —dijo Elwood.

—Ja.

—Ojalá hubiera sido Spencer. Eso sí que me habría encantado.

Elwood se llevó la palma a la parte posterior del muslo, donde solía frotarse al recordarlo.

Se oyeron gritos de algarabía. Colina abajo, los supervisores habían encendido las luces navideñas y los chicos echaron un vistazo al resultado de tanto trabajo durante las últimas semanas. Bombillas rojas, verdes y blancas trazaban una ruta de alegría festiva a lo largo de los árboles y los edificios del campus sur. A lo lejos, en la oscuridad, el enorme Papá Noel de la entrada refulgía por dentro con un fuego demoníaco.

—¡Menuda iluminación! —dijo Turner.

Más allá de la Casa Blanca, luces intermitentes perfilaban la vieja torre del agua; uno de los chicos blancos se había caído de la escalera mientras las clavaba con un martillo y se había fracturado la clavícula. Las luces flotaban sobre las X de los puntales de madera, circundaban la enorme cisterna y dibujaban la cúspide triangular. Como una nave espacial a punto de despegar. A Turner le recordó algo, entonces cayó: el parque de atracciones, Fun Town, de los anuncios de la tele. Aquella música tonta y festiva, los autos de choque y la montaña rusa, el Cohete Atómico. De vez en cuando, los chicos hablaban del parque y de que irían allí cuando regresaran al mundo libre. Turner pensaba que eso era una estupidez. En aquellos lugares tan bonitos no se permitía la entrada a gente de color. Pero ahora allí estaba ante él, apuntando al cielo estrellado, decorado con un centenar de bombillas parpadeantes esperando el momento del lanzamiento: un cohete espacial que despegaría rumbo a otro oscuro planeta que ellos no podían ver.

—Es bonito —dijo.

—Hemos hecho un buen trabajo —dijo Elwood.

TERCERA PARTE

11

—¿Elwood?

Respondió con un gruñido desde la sala de estar, desde cuya ventana se veía un trocito de Broadway: el taller de Sammy el zapatero, la agencia de viajes cerrada y la mediana que dividía en dos la avenida. Su ángulo de visión formaba un trapezoide, su personal bola de nieve de la ciudad. Era un buen sitio para fumar, y había encontrado la manera de acomodarse en el antepecho sin que le doliera más la espalda.

—Bajo a buscar una bolsa de hielo, no lo aguanto más —dijo Denise.

Al salir cerró la puerta del piso con llave. La semana anterior él le había dado una copia de las llaves.

No le importaba el calor. Sí, esta ciudad sabía engendrar unos veranos espantosos, pero nada que ver con el Sur en los días más calurosos. Desde que llegó a la ciudad, oír a los neoyorquinos quejarse del calor en el metro, en la bodega, siempre le hacía sonreír. Aquel primer día también había huelga de basureros, pero aquello fue en febrero. No olía tan mal. Ahora, cada vez que salía del vestíbulo de la planta baja, el hedor era tan denso que le entraban ganas de empuñar un machete para abrirse paso. Y era solo el segundo día de huelga.

La huelga salvaje del 68: un primer contacto tan desdichado con la ciudad que solo pudo interpretarlo como una novatada. Las aceras estaban tomadas por aquellos enormes cubos metálicos —rebosantes y sin vaciar durante días—, y alrededor de ellos se acumulaba la basura más reciente metida en bolsas y cajas de cartón. Evitaba el transporte público en un lugar nuevo hasta que lo entendía un poco, y nunca en su vida había viajado en metro. Fue caminando hacia el norte desde la Autoridad Portuaria. Andar en línea recta era imposible, de modo que fue sorteando los montones de desperdicios. Cuando llegó al Statler, la pensión de la calle Noventa y nueve, los residentes habían abierto un sendero hasta la puerta principal entre dos monstruosas pilas de basura. Había ratas correteando de acá para allá. Si uno quería colarse en una de las habitaciones del primer piso, le bastaba con escalar aquellas montañas inmundas.

El gerente le dio la llave de una habitación de la parte de atrás, cuatro tramos de escalera más arriba. Hornillo para cocinar, aseo en el pasillo. Uno de los chicos con los que trabajaba en Baltimore le habló de aquel albergue y se lo pintó como un sitio horrible. No estaba tan mal como le había dicho. Había estado en lugares bastante peores. Al cabo de un par de días, compró un producto de limpieza en el A&P y se ocupó personalmente de limpiar el váter y la ducha. Nadie se había tomado esa molestia; así era aquel tugurio. Había limpiado retretes asquerosos montones de veces y en montones de sitios.

De rodillas entre la inmundicia. Bienvenido a Nueva York.

Abajo, en Broadway, Denise pasó por delante de su campo de visión. La mayor parte de los días, a ras de la calle, la mediana se veía limpia. Pero desde la segunda planta del edificio, mirabas más allá de los bancos y los árboles y veías los adoquines y las rejillas de ventilación del metro cubiertos de desperdicios. Bolsas de papel, botellas de cerveza, periódicos. Ahora la mierda estaba por doquier, en montones dispersos. Con la última huelga en marcha, todo el mundo veía lo que él veía constantemente: la ciudad era un caos.

Apagó el cigarrillo en la taza de té y fue hacia el sofá sin que sonara ningún gong. Desde que se había jodido la espalda, un día se encontraba bien, se le olvidaba y se movía demasiado rápido, y entonces… ¡gong!, una detonación en la columna vertebral. Gong sentado en el váter, gong al subirse los pantalones. Aullaba como un perro y luego tenía que estar varios minutos hecho un ovillo en el suelo. El tacto fresco de las baldosas en la piel. La culpa había sido suya. Nunca sabías lo que podía haber en aquellas cajas y cajones. Un día, cuando estaban trasladando las cosas de un ucraniano ya mayor —un poli recién jubilado que se marchaba a Filadelfia, donde tenía una sobrina—, se agachó para levantar una mesita de noche y la columna le estalló. Larry dijo que se había oído desde el recibidor. El poli guardaba allí sus pesas. Ciento treinta kilos de pesas, por si le entraban ganas de ejercitarse a altas horas de la noche. Lo que le había jodido la espalda la semana anterior era un enorme escritorio de madera, de aspecto inofensivo, pero es que había estado haciendo horas extra para conseguir dinero. Soñoliento y torpe. «Con estos putos muebles daneses hay que andarse con cuidado», le dijo Larry. Cuando volviera Denise, le pediría que llenara otra bolsa de agua caliente, siempre y cuando ella estuviera en la cocina preparando más cubalibres.

En la manzana se oía música de salsa a todo volumen casi todas las noches, pero hoy sonaba más fuerte debido a que todo el mundo tenía las ventanas abiertas por el calor, y además faltaban solo unas horas para el Cuatro de Julio. Todo el mundo tenía fiesta. Si la espalda no le daba demasiados problemas, pensaban ir a Coney Island para ver los fuegos artificiales, pero esta noche iban a quedarse en casa y ver *Fugitivos* en el canal 4. Sidney Poitier y Tony Curtis, dos convictos que se fugan por los pantanos, encadenados el uno al otro, escapando de los perros y de unos polis con cara de tonto y escopeta en ristre. Típica basura tramposa de Hollywood, pero él siempre veía la película cuando la ponían, generalmente en *The Late Late Show*, y a Denise le gustaba Sidney Poitier.

Su vivienda estaba amueblada con desechos del trabajo; una especie de exposición rotatoria de mobiliario neoyorquino de toda la ciudad: entraba una cosa nueva y salía una antigua. Su cama de matrimonio con el tipo de colchón superrígido que a él le gustaba, el tocador con aquellos lujosos remaches de latón, las lámparas y las alfombras. La gente se deshace de un montón de cosas cuando se muda; a veces no solo cambian de sitio, sino de personalidad. Subiendo o bajando en el «escalafón económico». Quizá la cama no les cabe en la nueva vivienda, o el sofá es demasiado voluminoso, o son recién casados y han puesto en la lista de bodas un tresillo nuevo. Muchas familias de esta desbandada blanca acaban en las afueras, Long Island o Westchester, donde intentan empezar de cero: quitarse de encima la ciudad, lo cual significa deshacerse de la imagen que tenían de sí mismos. Él y el resto de la cuadrilla de Mudanzas Horizon tenían derecho a meter mano antes de que interviniera el chamarilero. El sofá en el que estaba acostado en ese momento era el duodécimo en siete años. Siempre mejorando. Era una de las ventajas de trabajar en una empresa de mudanzas, aunque a veces te hicieras polvo la espalda.

Aunque rapiñara entre los muebles como un vagabundo, había echado raíces. Aparte de la casa de su infancia, este era el sitio donde más tiempo había vivido. Su fase Nueva York había empezado en la pensión Statler, donde estuvo unos meses hasta que entró a trabajar de lavaplatos en 4 Brothers. Había ido cambiando de piso (la parte alta, el Spanish Harlem), hasta que se enteró de que había empleo fijo en Horizon y se vino a donde estaba ahora, en la calle Ochenta y dos con Broadway. Supo que iba a quedarse el apartamento en cuanto el casero abrió la puerta: aquí me quedo. Llevaba cuatro años en él. «Ahora soy un tío de clase media», se decía en broma a sí mismo. Incluso las cucarachas eran más nobles; cuando encendía la luz del baño, se escabullían a toda prisa en lugar de ignorar su presencia. Aquel recato le parecía un gesto elegante por parte de los bichos.

—¿Me has oído fuera?

Denise acababa de volver. Fue a la cocina y apuñaló la bolsa de hielo con un cuchillo para untar.

—¿Qué dices?

—Se me ha metido una rata entre los pies y he soltado un grito. Era yo —dijo Denise.

Alta, y tan recia como cualquier chica criada en Harlem, Denise podría haber jugado en una liga de baloncesto femenino. Era una de esas chicas de ciudad que no le temen a nada. La había visto cubrir de insultos a un imbécil forzudo que le había dicho algo en voz baja al pasar ella; le plantó cara al tipo, pero después chillaba como una cría al ver una rata. Denise, desde luego, no era ninguna niña, de ahí que siempre le sorprendiera cuando esa faceta suya salía a la superficie. Vivía en la calle Ciento veintiséis al lado de un solar vacío, y entre el calor y la basura acumulada el solar estaba más animado que de costumbre. Las muy cabronas estaban por todas partes, salidas de sus escondrijos subterráneos. Le dijo que la víspera había visto a una rata grande como un perro. «Y encima ladraba como un perro.» Él opinó que a lo mejor era un perro, pero Denise no pensaba volver a su casa y él se alegró de tenerla al lado.

Las clases nocturnas a las que Denise asistía los miércoles se habían suspendido por el Cuatro de Julio. Él también tenía libre esa tarde, y estaba durmiendo cuando ella llegó y se metió en la cama con él. El tintineo de sus grandes aretes de plata sobre la mesita de noche —cortesía de la familia Atkinson, mudanza de Turtle Bay a York Avenue, tres críos y un perro y un juego de comedor de Gimbels— lo despertó. A esas alturas ella ya sabía qué punto de la espalda le dolía más, y después de darle un poco de masaje le dijo que se pusiera boca arriba y se montó a horcajadas sobre él. Cuando terminaron, la temperatura en la habitación había subido cinco grados y estaban el uno trabado en el otro. Unos cubalibres tibios les bastaron durante un rato, pero luego hubo que ir a por hielo.

Se habían conocido en el instituto de la calle Ciento treinta y uno, donde había clases nocturnas para adultos. Él quería graduarse de la secundaria y ella daba clases de inglés como segunda lengua a dominicanos y polacos en el aula contigua. Él esperó a terminar el curso antes de pedirle para salir. Consiguió el diploma, cosa de la cual se sintió muy orgulloso, pero fue uno de esos momentos en que caes en la cuenta de que no hay nadie en tu vida a quien le importe un pequeño triunfo. Hacía tiempo que la idea de graduarse de la secundaria le rondaba por la mente; era como la llama de una vela que uno protege del viento con la mano. Siempre miraba los anuncios que había en el metro —«Termina tus estudios por la noche según tu conveniencia»—, y le alegró tanto conseguir aquel documento que se dijo a sí mismo: Qué coño, y la abordó sin más. Unos enormes ojos castaños y un puente de pecas sobre la nariz. «Según mi conveniencia.» Rara vez hacía las cosas de otra manera.

Ella le dijo que no, que estaba saliendo con alguien. Luego, al cabo de un mes, le llamó por teléfono y fueron a un chino cubano.

Denise volvió con dos cubalibres.

—Y he traído unos sándwiches —dijo.

Él colocó la mesita de bandeja. La había abandonado el señor Waters al mudarse de Amsterdam Avenue a Arthur Avenue, en el Bronx. Era plegable y cabía justo entre el sofá y la mesita auxiliar. Premio Nobel de Física para el tío que la hubiera inventado.

—Tendrán que mover el culo y empezar a recogerlo todo —dijo Denise desde la cocina—. Beame tiene que coger ya el teléfono y hablar con esa gente.

Ella pensaba que el alcalde de Nueva York era un vago y que disfrutaba con la huelga porque así podía lamentarse. Enumeró sus propias quejas mientras él movía la antena para sintonizar lo mejor posible el canal 4. El olor, dijo, para empezar: a comida putrefacta y a la lejía que los porteros rociaban por encima. La lejía era para las moscas que revoloteaban como una nube sobre los montones de desperdicios y para los gusanos que se retorcían en las aceras. Luego estaba el humo. Los vecinos prendían fuego a la basura para deshacerse de ella —él no lo entendía, y eso que se consideraba un estudioso del animal humano—, y la poca brisa que corría entre los edificios esparcía el humo por todas partes. Los camiones de bomberos pululaban con sus sirenas aullando a tope por avenidas y callejuelas.

Y para colmo, las ratas.

Él suspiró. En toda discusión, siempre adoptaba la postura que fuera en contra del Gran Hombre, regla número uno. Polis y políticos, empresarios de altos vuelos y jueces, los diversos hijos de puta que manejaban los hilos. «Los tienen cogidos por las pelotas, ¿no? Pues que se retuerzan —decía—. Son gente trabajadora.» El alcalde Beame, Nixon y sus chanchullos... casi le daban ganas de votar. Pero él evitaba al gobierno siempre que podía, no queriendo tentar a la suerte. La poca de que disfrutaba ahora.

—¿Y si te sientas? —le dijo a Denise—. Yo me encargo.

—Ya lo he hecho yo todo.

Incluso poner el hervidor en el fuego para llenar la bolsa de agua caliente. El hervidor estaba silbando.

Como el humo de las fogatas de basura se colaba por la ventana, él abrió la del dormitorio para crear una corriente de aire. Denise tenía razón. Sería un verdadero engorro si esta huelga duraba tanto como la última. La calle era un horror. Aunque, por otra parte, estaba bien que el resto de la ciudad se diera cuenta de en qué clase de lugar estaban viviendo.

Que vieran las cosas desde otra perspectiva, para variar. A ver qué les parecían.

El presentador de las noticias dio el parte meteorológico para el día festivo y una breve información sobre la huelga —«Las negociaciones siguen en marcha»—, para luego avisar a los telespectadores de que permanecieran sintonizados para la película de las nueve.

Entrechocó su vaso con el de ella y dijo:

—Ahora estás casada conmigo; aquí tienes el anillo.

—¿Qué?

—Es de la peli. Lo dice Sidney Poitier. —Sosteniendo en alto las cadenas que lo tienen atado a aquel paleto.

—Pues ojo con lo que dices.

Claro, el diálogo variaba dependiendo de quién lo dijera y a quién se lo dijera. Como el final de la película. Por un lado, ninguno de los dos condenados lograba su propósito. O, si lo mirabas desde otra perspectiva, cualquiera de ellos podría haber alcanzado la libertad si hubiera dejado morir al otro. Quizá no tenía importancia: de una u otra manera, los dos estaban jodidos. Al cabo de unos años dejó de ver la película al darse cuenta de que no la veía porque fuese un poquito sensiblera, o porque los hechos estuvieran mal, o porque ilustrara hasta dónde había llegado él, sino porque verla le ponía triste, y esa parte un poco chiflada que llevaba dentro buscaba sentirse triste. Y llegó un momento en que comprendió que lo inteligente era evitar todo aquello que pudiera deprimirte.

Sin embargo, aquella noche no vio el final porque Denise llevaba una falda tejana y sus grandes muslos le impedían concentrarse en la película. Le metió mano cuando salió el anuncio de antiácido.

Fugitivos, luego polvo, después dormir. Coches de bomberos durante la noche. Por la mañana él tenía que levantarse y salir, le doliera o no la espalda, porque a las diez había quedado con un hombre para comprar la furgoneta. Tenía un fajo de billetes metido dentro de una bota, bajo la cama, y no había podido darse el gustazo de añadir veinte pavos el día de paga. Hizo pedazos el anuncio colgado en la lavandería para que nadie se le pudiera adelantar: una Ford Econoline del 67. Le hacía falta un acabado nuevo, a poder ser brillante, pero los chicos de la Ciento veinticinco le debían un favor. Y podría compaginar los turnos en Horizon con sus propios encargos. Los fines de semana se llevaría consigo a Larry, para que pudiera saldar la deuda que tenía con su parienta. Del servicio de recogida de basuras no te podías fiar, pero los lloriqueos de Larry sobre la manutención de su hijo eran tan fiables como la U.S. Steel.

Decidió llamar a su compañía As de la Mudanza. AAA ya

estaba cogido y él quería aparecer al principio del listín telefónico. Pasaron seis meses antes de darse cuenta de que había escogido ese nombre por sus tiempos en la Nickel. As: el que se abre paso hasta el mundo libre zigzagueando.

12

Se podía salir de la Nickel de cuatro formas.

Primera: cumpliendo tu condena. Normalmente las sentencias estaban entre seis meses y dos años, pero la administración tenía la potestad de adelantar a su criterio la puesta en libertad. El buen comportamiento era una manera de conseguirlo, si uno procuraba reunir méritos suficientes para ascender al rango de As. Tras lo cual era devuelto al seno de su familia, que se alegraba mucho de tenerlo en casa otra vez, o que torcía el gesto al verlo llegar por la acera, inicio de otra cuenta atrás hasta el siguiente descalabro. Eso si tenías familia. De lo contrario, el aparato estatal de la asistencia social a menores tenía variados remedios tutelares, unos menos agradables que otros.

También podían soltarte tras superar la edad establecida. Cuando un chico cumplía dieciocho años, la escuela lo ponía de patitas en la calle con un rápido apretón de manos y un poco de calderilla. Libre para volver a su casa o para abrirse paso en el mundo desafecto, empujado probablemente hacia uno de los caminos más difíciles de la vida. Un chico recibía diferentes tipos de mazazos antes de llegar a la Nickel, y una vez dentro le caían muchos más. Y por norma general, lo que le esperaba fuera eran tropiezos todavía más graves e instituciones más férreas aún. Si hubiera que describir de alguna manera su trayectoria general, podría decirse que a los chicos de la Nickel los jodían antes, durante y después de su estancia en el centro.

Segunda: el juzgado podía intervenir. Un milagro. Aparecía una tía carnal largamente olvidada o un primo de edad avanzada para librar al estado de la tutela. El abogado que había contratado tu querida mamá –suponiendo que esta tuviera medios para hacerlo– pedía clemencia alegando que las circunstancias habían cambiado: «Ahora que su padre ya no está, necesitamos a alguien que mantenga a la familia». O quizá intervenía el juez –uno nuevo o el amargado de siempre– por motivos personales. Por ejemplo, dinero que cambiaba de manos. Pero si hubiera habido dinero para sobornos, de entrada al chico ya no lo habrían enviado a la Nickel. Aun así, la ley era corrupta y caprichosa en mayor o menor medida, y a veces un chico conseguía salir gracias a una aparente intervención divina.

Tercera: podías morirte. Incluso de «causas naturales», inducidas, eso sí, por condiciones de insalubridad o por malnutrición o por toda una serie de lamentables negligencias. En el verano de 1945, uno de los pequeños murió de un fallo cardíaco mientras estaba encerrado en lo que llamaban la «caja de sudor», a la sazón un correctivo muy popular en la Nickel, y el forense dictaminó que había sido por causas naturales. Imaginaos asarse dentro de una de aquellas jaulas de hierro hasta que el cuerpo decía basta. La gripe, la tuberculosis y la neumonía también se cobraban su peaje, al igual que los accidentes, los ahogamientos y las caídas. El incendio de 1921 causó veintitrés víctimas mortales. La mitad de las salidas de la residencia estaban cerradas a cal y canto y los dos chicos que estaban en las celdas oscuras de la segunda planta no pudieron escapar del fuego.

A los chicos muertos los enterraban en Boot Hill o los ponían a disposición de sus familiares. Unas muertes eran más nefandas que otras. Solo había que mirar los archivos de la escuela, por incompletos que fuesen. Traumatismos por objeto contundente, ráfagas de escopeta. En la primera mitad del siglo xx, algunos chicos que habían sido puestos bajo la tutela de familias locales acabaron muriendo. A algún alumno lo mataron estando de «permiso no autorizado». Dos chicos fueron atropellados por camiones. Esas muertes nunca fueron investigadas. Los arqueólogos de la Universidad del Sur de Florida observaron que la tasa de muertes era mayor entre aquellos que habían intentado fugarse múltiples veces. Da que pensar. En cuanto al cementerio clandestino, se guardó sus secretos.

Cuarta: por último, podías fugarte. Echar a correr y a ver qué pasaba.

Algunos chicos escapaban a futuros silenciosos bajo otro nombre y en distintos lugares, viviendo en la sombra. Temiendo siempre que la Nickel los alcanzara tarde o temprano. La mayoría de los fugados eran capturados, llevados a la Fábrica de Helados y después a una celda oscura durante un par de semanas para que meditaran sobre su actitud. Si fugarse era una locura, también lo era no hacerlo. ¿Cómo podía un chico mirar más allá del límite de la escuela, ver aquel mundo libre que había al otro lado, y no contemplar la idea de intentarlo, de escribir por una vez su propia historia? Prohibirse la idea de escapar de allí, no permitirse siquiera que revoloteara por tu mente, era matar lo de humano que uno pudiera llevar dentro.

Clayton Smith fue uno de los fugados más célebres. Su historia permaneció a lo largo de los años. Ya se encargó el personal de la Nickel de que así fuera.

Corría el año 1952. Clayton no era un candidato claro a fugarse. Ni muy inteligente ni robusto, ni rebelde ni enérgico. Le faltaba, sencillamente, la voluntad de aguantar. Lo había pasado muy mal antes de llegar al campus, pero la Nickel amplificó y refinó la crueldad del mundo, abriéndole los ojos a las ondas más sombrías. Si había sufrido tanto en quince años de vida, ¿qué más calamidades le deparaba el futuro?

Los varones de la familia de Clayton se parecían mucho los unos a los otros. La gente del barrio los reconocía de inmediato por su perfil aguileño, sus ojos castaño claro, aquella manera de mover las manos y la boca cuando hablaban. Las similitudes persistían bajo la epidermis, pues los varones Smith no tenían suerte ni vivían mucho. Con Clayton, el parecido resultaba inconfundible.

El papá de Clayton había muerto de un ataque al corazón cuando el niño tenía cuatro años. Su mano aferrada a las sábanas, la boca abierta, los ojos de par en par. Con diez años, Clayton abandonó el colegio para trabajar en los naranjales de Manchester, como habían hecho sus tres hermanos y sus dos hermanas. El benjamín de la familia, poniendo su granito de arena. Tras sufrir una pulmonía, la salud de la madre se deterioró mucho y el estado de Florida asumió la custodia de los hijos. Los repartió aquí y allá. En Tampa, seguían llamando a la Nickel la Escuela Industrial de Florida para Chicos. Tenía fama de mejorar el carácter de los jóvenes, tanto si eran ovejas negras como si no tenían otro sitio adonde ir. Las hermanas de Clayton le escribían cartas que sus compañeros de dormitorio tenían que leerle. Sus hermanos se desperdigaron como el polvo.

Clayton no había aprendido a pelear; tenía a sus hermanos mayores para ahuyentar a los abusones. Las escaramuzas que se producían en la Nickel demostraron que no era lo suyo. Solamente se sentía bien y calmado cuando le tocaba trabajar en la cocina, pelando patatas. Se estaba tranquilo allí, y Clayton tenía un método. El jefe de Roosevelt era entonces un tal Freddie Rich, cuyo historial laboral era un mapa de niños indefensos. La Casa Mark G. Giddins, la Escuela para Jóvenes de Gardenville, el Orfanato St. Vincent en Clearwater. La Academia Nickel para Chicos. Freddie Rich identificaba a sus candidatos por la manera de andar y la postura, los archivos del centro reforzaban sus argumentos, y el trato que recibían por parte de los otros chicos aportaba la confirmación definitiva. Con el joven Clayton todo fue muy rápido; sus dedos encontraron dos vértebras que le dijeron al chico: «Ahora».

Rich tenía sus dependencias en la segunda planta de Roosevelt, pero prefería llevar a sus presas al sótano de la escuela de los blancos, para seguir con la tradición de la Nickel. Tras aquella última excursión al Callejón del Amor, Clayton dijo basta. Los dos supervisores que le vieron cruzar el campus aquella noche estaban acostumbrados a que el chico regresara solo a la residencia. Le dejaron pasar. Llevaba ventaja.

El plan del chico tenía que ver con su hermana Bell, que había ido a parar a un hogar para chicas en las afueras de Gainesville. A diferencia del resto de la familia, su situación había mejorado. Las personas que regentaban el hogar eran de buena pasta, además de progresistas en cuestiones raciales. No más puré de maíz ni vestidos deshilachados. Había vuelto a ir a la escuela y solo trabajaba los fines de semana, zurciendo con otras chicas. Cuando tuviera edad suficiente, le escribió a Clayton, iría a buscarlo y volverían a estar juntos. Bell lo había bañado y vestido cuando Clayton era pequeño, y todo lo que él asociaba a cosas placenteras tenía que ver con aquellos tiempos que apenas ya recordaba. La noche en que decidió escapar llegó hasta los pantanos; el sentido común lo empujaba a adentrarse en las negras aguas, pero no se atrevió a hacerlo. Resultaba demasiado aterrador, entre los fantasmas, las tinieblas y aquella sinfonía animal de sexo y predación. A Clayton siempre le había dado miedo la oscuridad y Bell era la única que sabía apaciguarlo cantándole canciones, la cabeza del niño en su regazo mientras él le acariciaba las trenzas con sus deditos. Se encaminó hacia el este hasta el borde de los campos de limas y llegó hasta Jordan Road.

Permaneció agazapado en la espesura que bordeaba la carretera hasta media tarde. Cada coche que se acercaba lo hacía esconderse entre los abrojos y el sotobosque. Cuando no pudo dar un paso más, se ocultó debajo de una solitaria casa gris, a gatas en el agua fétida. Sirvió de cena a diferentes bichos y luego se acarició los bultos de la piel para comprobar hasta dónde podía tocárselos sin abrir las heridas. Los propietarios de la casa regresaron: padre y madre y una adolescente de la que solo pudo ver los pies y las rodillas. Se enteró de que la chica estaba encinta, y eso lo había trastocado todo. O la casa siempre había sido una tormenta y ese era el clima de siempre. Cuando acabaron las discusiones y se fueron a dormir, Clayton salió con sigilo de su escondite.

El lindero de la carretera estaba oscuro y daba miedo, y el chico no sabía qué dirección tomar, pero no estaba preocupado. Mientras no oyera a los perros de presa, todo iría bien. De hecho, los sabuesos de los Apalaches estaban en otra parte, persiguiendo a tres fugados de Piedmont, y Freddie Rich no dio parte de la desaparición de Clayton hasta veinticuatro horas después, aterrado ante la idea de que pudiera descubrirse el pastel de su depredación. Lo habían despedido anteriormente de otros trabajos y le gustaba este último por lo fácil que era conseguir presas.

¿Clayton había estado solo alguna vez? En Tampa, en aquella calle sin salida, siempre tenía encima a sus hermanos y hermanas, apretujados todos en las tres habitaciones de aquella casucha. Y luego la Nickel, con sus envilecimientos compartidos. No estaba acostumbrado a pasar tanto tiempo a solas con sus pensamientos, que zangoloteaban como dados dentro de su cráneo. En ningún momento había contemplado otro futuro que no fuera reunirse con su familia. Al tercer día lo vio claro: un par de años de cocinero y luego ahorrar para abrir su propio restaurante.

Poco tiempo después de que Clayton empezara a trabajar en los naranjales, abrieron un restaurante en un trecho de carretera rural en mal estado. Camino del trabajo, Clayton miraba por entre los travesaños del camión, esperando ver aquella explosión de rojo, blanco y azul en la fachada del establecimiento y la marquesina metálica. Colgaron las banderolas, los carteles a lo largo de la carretera para atraer la atención, y finalmente lo inauguraron: el Chet's Drive-In. Camareros y camareras, todos blancos y jóvenes, lucían elegantes petos a rayas verdes y blancas y sonreían cuando llevaban hamburguesas y batidos al aparcamiento de los clientes. Aquellos petos ilustraban virtudes como la laboriosidad y la independencia económica. Aquellos automóviles lujosos y las manos que salían de ellos: imágenes inspiradoras.

Cierto, Clayton jamás había comido en un restaurante y sobrestimaba el esplendor de aquel local. Y puede que el hambre alimentara la idea de ser propietario de un establecimiento de comidas. Mientras corría, la visión de su restaurante —pasearse entre la clientela preguntando qué les parecía la comida, comprobar las facturas del día en la trastienda, como había visto hacer en las películas— le ayudaba a no bajar el ritmo.

Al cuarto día, pensando que estaba ya bastante lejos, decidió hacer dedo. El uniforme de la Nickel —pantalón de peto y camisa de faena— llamaba demasiado la atención. Cogió varias prendas de un tendedero después de ver cómo una maltrecha camioneta se alejaba de una enorme granja pintada de blanco. Estuvo vigilando un rato el lugar, y cuando creyó que no había peligro agarró un mono de trabajo y una camisa. Desde el primer piso de la casa, una anciana lo vio salir del bosque y afanarse la ropa. Las prendas habían pertenecido a su difunto esposo y ahora las utilizaba su nieto, y la mujer se alegró de perderlas de vista porque le dolía ver que las llevaba otra persona, en especial el hijo de su hijo, que era cruel con los animales y blasfemaba mucho.

A Clayton le daba igual qué dirección llevara el vehículo mientras lo alejara un par de horas de la Nickel. Se moría de hambre. Nunca había recorrido tanta distancia sin llevarse algo a la boca y no sabía cómo remediarlo, pero lo importante era poner tierra de por medio. Pasaban pocos coches y las caras blancas le inspiraban temor, aunque Clayton era lo bastante osado como para avanzar por el asfalto. No se veía a ningún conductor negro; quizá en aquella parte del estado ningún negro tuviera vehículo. Al final se decidió a agitar el pulgar cuando un Packard blanco con ribetes azul oscuro salió de la curva. No pudo ver al conductor, pero los Packard eran los primeros coches que había aprendido a identificar y les tenía cierto cariño.

El conductor era un blanco de mediana edad y traje color crema. Pues claro que era blanco, ¿qué iba a ser si no, conduciendo aquel coche? Rubio, peinado con raya en medio, canas en las sienes. Sus ojos, según les daba el sol, cambiaban de azul a un blanco de hielo tras las gafas de montura metálica. El hombre miró a Clayton de arriba abajo y le hizo una seña para que montara.

—¿Adónde vas, muchacho?

Clayton dijo lo primero que se le pasó por la cabeza:

—A Richards.

Era el nombre de la calle donde se había criado.

—No lo conozco —dijo el conductor.

Mencionó luego una población que a Clayton no le sonaba y dijo que lo llevaría hasta allí.

Clayton nunca había montado en un Packard. Pasó la mano por la tela del asiento junto a su muslo derecho, de forma que el hombre no pudiera percatarse: era mullida y rizada. Se preguntó por todo aquel laberinto de pistones y válvulas bajo el capó, cómo sería ver a aquellos buenos hombres de la fábrica en plena faena de montaje.

—¿Es ahí donde vives, muchacho? —le preguntó el hombre—. ¿En Richards? —Hablaba como una persona culta.

—Sí, señor. Con mi madre y con mi padre.

—Muy bien. ¿Y cómo te llamas?

—Harry —respondió Clayton.

—Puedes llamarme señor Simmons —dijo el hombre, asintiendo como si hubieran llegado a un entendimiento mutuo.

Siguieron en silencio durante un rato. Clayton no pensaba decir nada a menos que el hombre se dirigiera a él, y mantenía los labios apretados para evitar que se le escapara alguna estupidez. Ahora que no eran sus dos tontos pies los que lo conducían, los nervios se apoderaron de él, pendiente de que apareciera un coche patrulla. Se regañó a sí mismo por no haber permanecido oculto más tiempo. Se imaginaba a Freddie Rich a la cabeza de la partida, linterna en mano, el sol sacando destellos de la hebilla con forma de búfalo que

Clayton tan bien conocía; no solo la imagen, también el ruido que hacía al caer en el suelo de hormigón. Las casas aparecían cada vez más juntas y el Packard se metió por una pequeña calle principal, el chico hundido en el asiento pero intentando que el hombre no reparara en ello. Luego volvieron otra vez a una carretera tranquila.

—¿Cuántos años tienes? —preguntó el señor Simmons.

Acababan de dejar atrás una gasolinera Esso cerrada, los surtidores herrumbrosos convertidos en espantapájaros, y una iglesia blanca con su pequeño cementerio. El terreno se había ido asentando hasta hacer que las lápidas quedaran torcidas, de forma que el cementerio parecía una dentadura cariada.

—Quince —dijo Clayton.

De repente cayó en la cuenta: aquel hombre le recordaba al señor Lewis, su antiguo casero. Mejor pagarle el primer día del mes o te ponía en la calle al día siguiente. Empezó a sentirse muy inquieto. Cerró los puños. Tenía claro lo que haría si el hombre le ponía la mano en la pierna o intentaba tocarle la cosa. Había jurado muchas veces partirle la cara a Freddie Rich y en el momento de la verdad se había quedado paralizado, pero esta vez se sentía capaz de hacerlo. Estar en el mundo libre parecía darle fuerzas.

—¿Vas a la escuela, muchacho?

—Sí, señor.

Era martes, Clayton estaba casi seguro. Echó la cuenta. Freddie Rich solía ir a buscarle los sábados por la noche. «Más barato que un baile de diez centavos en el que bailas más rato del que has pagado.»

—Tener estudios es importante —dijo el señor Simmons—. Abre puertas. Especialmente en vuestro caso.

El momento crítico pasó. Clayton extendió los dedos sobre el tapizado como si tanteara una pelota de baloncesto.

¿Cuántos días tardaría en llegar a Gainesville? Recordaba el nombre del hogar donde vivía Bell —Miss Mary's—, pero tendría que preguntar. ¿Cómo era Gainesville? Tenía que averiguar muchas cosas antes de poner en práctica su plan. Bell se inventaría señales y buscaría lugares secretos donde encontrarse. Para eso era muy lista. Aún faltaba mucho tiempo para que volviera a arroparlo y le dijera cosas para hacerle sentir bien, pero podía esperar lo que hiciera falta si la tenía a ella cerca. «Ya, ya, Clayton, tranquilo…»

En eso estaba pensando Clayton cuando el Packard cruzó las columnas de piedra que había al principio del camino de entrada de la Nickel. El señor Simmons acababa de jubilarse como alcalde de Eleanor, pero seguía siendo miembro de la junta y estaba al corriente de lo que ocurría en la escuela. Tres alumnos blancos que se dirigían al taller de chapa vieron apearse a Clayton del coche, pero ignoraban que él fuera el chico que se había escapado, y a medianoche el ventilador difundió con su bramido la noticia a los que medio dormían pero sin revelar a quién le estaban dando helado, y en aquellos tiempos los chicos de la Nickel no sabían que cuando un coche iba hacia el vertedero en mitad de la noche quería decir que el cementerio secreto se disponía a recibir a un nuevo residente. Fue Freddie Rich quien dio a conocer al alumnado la historia de Clayton Smith, cuando se la contó a su última presa a modo de lección práctica.

Podías huir y confiar en que no te pillaran. Algunos lo conseguían. La mayoría no.

Según Elwood, había una quinta manera de salir de la Nickel. Se le ocurrió después de que su abuela fuera a verlo el día de visita. Era una calurosa tarde de febrero y las familias se habían congregado en las mesas dispuestas al aire libre delante del comedor. Algunos chicos eran de la zona y sus padres se presentaban con comida, calcetines nuevos y noticias del vecindario. Pero había alumnos de todos los confines del estado, desde Pensacola hasta los Cayos, y la mayoría de las familias tenían que hacer un largo trayecto si querían ver a sus hijos descarriados. Incómodos viajes en autobuses mal ventilados, zumo tibio y migas de sándwich salpicando los regazos con el vaivén. Las obligaciones del trabajo y las largas distancias hacían casi imposibles las visitas, y había chicos que entendían que su familia se hubiera lavado las manos y no quisiera saber más de ellos. Tras el servicio religioso, los monitores comunicaban a sus pupilos si venía alguien a verlos o no, y si no era así se iban a jugar a los campos de deporte o buscaban distracción en el taller de carpintería o en la piscina –blancos por la mañana, negros por la tarde–, procurando no mirar hacia donde estaban los familiares.

Harriet hacía el trayecto hasta Eleanor dos veces al mes, pero no había acudido a la última visita por estar enferma. Le explicó por carta a su nieto que tenía bronquitis y adjuntó un par de artículos de prensa que creía que le iban a gustar, uno sobre un discurso de Martin Luther King en Newark, Nueva Jersey, y el otro un reportaje a doble página y con fotos en color de la carrera espacial. Al verla caminar hacia él, le pareció que había envejecido mucho. La enfermedad la había dejado más flaca de lo que ya estaba y sus clavículas trazaban una línea bajo el vestido verde. Cuando divisó a su nieto, Harriet se detuvo y esperó a que Elwood se acercara para abrazarla. Así podía tomarse un descanso antes de subir los últimos escalones hasta la mesa libre que el chico había reservado para ellos.

Elwood se demoró en el abrazo, la cara hundida en el hombro de su abuela, pero luego se acordó de los otros chicos y se apartó. Era mejor no ponerse en evidencia. Se le había hecho muy larga la espera de aquella nueva visita, y no solo porque Harriet le hubiera prometido traer buenas noticias la próxima vez que viniera de Tallahassee.

La vida de Elwood en la Nickel había entrado en una fase de obediencia aletargada. Las primeras semanas del año pasaron sin pena ni gloria. Realizaron las entregas de costumbre a los habituales de Eleanor; Elwood sabía lo que tocaba cada día, hasta el punto de recordarle a Harper más de una vez que los miércoles siempre iban al Top Shop y al restaurante, tal como hiciera tiempo atrás en el estanco del señor Marconi. Las residencias estaban más tranquilas que durante el otoño. Apenas si había peleas, y la Casa Blanca permanecía desocupada. En cuanto quedó claro que Earl no iba a estirar la pata, Elwood, Turner y Desmond perdonaron a Jaimie. Muchas tardes jugaban al Monopoly, cada partida convertida en una conspiración de reglas, oscuros pactos, venganza. Utilizaban botones para reemplazar las fichas perdidas.

Y cuanto más se sumía en la rutina diurna, más tormentosas se volvían sus noches. Se despertaba cuando todo estaba en silencio, creyendo haber oído ruidos –unos pasos en la entrada del dormitorio, un chasquido de cuero en el techo–, y escrutaba la oscuridad pero allí no había nada. Después le costaba horas volver a dormirse, la mente invadida por pensamientos deslavazados y todo él presa de una sensación de decaimiento. No era Spencer quien lo había destruido, tampoco un supervisor o un nuevo adversario en el dormitorio: era que él había dejado de luchar. A fuerza de agachar la cabeza, de procurar no llamar la atención y así llegar a la noche sin percances, Elwood se engañaba pensando que había vencido. Que era más listo que la Nickel porque iba trampeando y no se metía en líos. Cuando, en realidad, habían acabado con él. Era como uno de aquellos negros de los que hablaba el doctor King en su carta desde la cárcel, tan serviles y adormecidos tras años de opresión que se habían adaptado a ello y a dormir en ello como si fuera la única cama disponible.

En momentos amargos, Elwood había metido a Harriet en ese saco. Ahora además tenía el aspecto, estaba tan disminuida como él. Un viento que hubiera amainado después de rugir desde que uno podía recordar.

–¿Cabemos también aquí?

Burt, otro chico de Cleveland, uno de los marmotas, quería compartir la mesa. La madre de Burt les dio las gracias y sonrió. Era joven, tendría unos veinticinco años, la cara redonda, franca. Agobiada pero grácil atendiendo a la hermana pequeña de Burt, que estaba en cuclillas sobre su regazo y se reía a carcajadas mirando los bichos. Sus bobadas y sus juegos distrajeron a Elwood mientras la abuela Harriet hablaba. Eran ruidosos y felices; a su lado, Elwood y su abuela daban la impresión de estar en la iglesia. Por lo que había podido observar, Burt era un chaval revoltoso pero de buen corazón. No lo conocía bien ni sabía cuáles eran sus problemas, pero puede que una vez fuera de la Nickel tomara el buen camino. Su madre le esperaba en el mundo libre, y eso era mucho. Más de lo que tenían la mayoría de los chicos.

Cuando Elwood saliera de la Nickel, su abuela quizá ya no estaría. No se le había ocurrido pensarlo hasta entonces. Rara vez caía enferma, y cuando eso ocurría se negaba a guardar cama. Era una superviviente pero el mundo se la iba comiendo a mordiscos. Su marido había muerto joven, su hija se había marchado al Oeste y si te he visto no me acuerdo, y ahora a su único nieto lo metían en un reformatorio. Harriet había digerido la parte de desdicha que el mundo le había dado y ahora aguantaba, allí sola en Brevard Street, después de que la hubieran privado uno a uno de su familia. Sí, puede que cuando él saliera ella ya no estuviera allí.

Elwood intuyó que traía malas noticias porque se estaba demorando más de lo habitual en contar las últimas novedades del barrio de Frenchtown. La hija de Clarice Jenkins había entrado en la universidad privada Spelman; Tyrone James estaba fumando en la cama y prendió fuego a la casa; en Macomb habían abierto una sombrerería nueva. También le contó algo sobre el movimiento:

—Lyndon Johnson va a tirar adelante el proyecto de ley del presidente Kennedy sobre derechos civiles. Lo va a llevar al Congreso. Y si ese buen hombre está haciendo las cosas bien, quiere decir que algo está cambiando. Todo va a ser muy diferente cuando vuelvas a casa, Elwood.

—Tienes el dedo sucio —dijo Burt—, sácatelo de la boca. Toma, prueba con el mío.

Se lo metió en la boca a su hermana y la niña hizo una mueca y se echó a reír.

Elwood cogió las manos de Harriet entre las suyas. Nunca antes la había tocado de esa forma, como tranquilizando a una criatura.

—Dime qué pasa, abuela.

La mayoría de las visitas soltaban alguna lágrima antes o después, al ver acercarse la entrada al recinto de la Nickel, o cuando se marchaban y daban la espalda a sus hijos. La madre de Burt le pasó un pañuelo a Harriet y esta volvió la cabeza para secarse los ojos.

Los dedos le temblaban. Elwood los apaciguó.

El abogado Andrews, dijo, aquel blanco tan educado y que tan optimista se había mostrado sobre el recurso de apelación, se había marchado a Atlanta sin decir palabra... y llevándose consigo los doscientos dólares que le habían dado. El señor Marconi había aportado otros cien tras reunirse con él, cosa bastante impropia del estanquero, sí, pero el señor Andrews se había mostrado muy terco y persuasivo. Lo que tenían entre manos era lo que llamaban un clásico error judicial. Cuando fue a verle al centro en autobús, añadió, el despacho del abogado estaba vacío. El agente inmobiliario se lo estaba enseñando a un posible arrendatario, un dentista. Los dos la miraron como si fuera invisible.

—Te he fallado, El —dijo.

—No pasa nada —dijo Elwood—. Acaban de hacerme Explorador.

Obedecía sin chistar y había recibido su recompensa. Tal como ellos querían.

Había cuatro formas de salir de la Nickel. En la agonía de su siguiente noche de insomnio, Elwood decidió que había una quinta manera.

Deshacerse de la Nickel.

13

Nunca se perdía la maratón. Le importaban poco los ganadores, aquella especie de superhéroes a la caza del récord mundial, machacando el asfalto neoyorquino sobre los puentes y por las anchísimas avenidas. Los seguían coches con cámaras que filmaban hasta la última gota de sudor o las venas a punto de reventar en el cuello, y también polis blancos en moto para evitar que algún idiota saltara a la calzada y los hiciera caer. Aquellos tipos ya recibían aplausos suficientes, ¿para qué lo necesitaban a él? La carrera del año anterior la había ganado un hermano africano, un tipo de Kenia. Este año el vencedor había sido un blanco, un británico. Misma complexión pero distinto color de piel; bastaba con mirarles las piernas para saber que iban a salir en la prensa. Profesionales que entrenaban todo el año, que iban de acá para allá en avión para competir en distintas partes del mundo. Era fácil apoyar a los vencedores.

No, a él le gustaban los que corrían como boxeadores sonados, medio andando hacia el final, la lengua fuera como un perro labrador. Cruzando la línea de meta por las buenas o por las malas, sus pies convertidos en una pulpa sanguinolenta dentro de las Nike. Los rezagados y los renqueantes que no estaban haciendo una carrera sino adentrándose en sí mismos, metiéndose en la cueva para volver a salir a la luz con lo que descubrían dentro. Para cuando llegaban a Columbus Circle, los equipos de televisión ya se habían largado, los vasos de agua y de Gatorade salpicando el recorrido como margaritas en un prado, las mantas plateadas de aspecto espacial ondeando al viento. Tal vez había alguien esperándolos, tal vez no. ¿Quién no celebraría algo así?

Los profesionales iban solos en cabeza de carrera, más atrás el grueso de los participantes, la gente normal corriendo apretujada. A él quienes le interesaban eran los que iban a la cola y el público que se congregaba en las aceras y las esquinas, aquella multitud excéntrica y encantadora, tan neoyorquina, que le hacía bajar de su apartamento en la parte alta impulsado por algo que solo acertaba a llamar parentesco. Cada noviembre la maratón enfrentaba su poca fe en el género humano al hecho de que en aquella sucia ciudad estaban todos juntos, primos improbables.

Los espectadores se ponían de puntillas, la tripa contra las barreras de madera pintada de azul que la policía desplegaba cuando había carreras, disturbios y presidentes, empujándose para ver a los corredores, a hombros de sus papás o sus novios. Todo ello entre un alboroto de bocinas, silbidos y radiocasetes con música de calipso a tope. «¡Vamos!», «¡Venga, que tú puedes!», «¡Ya lo tienes!». Según de dónde soplara la brisa, el aire olía a puesto de perritos calientes Sabrett o a la axila peluda de la chica de al lado con camiseta sin mangas. Y pensar que en la Nickel, por la noche, no se oía otra cosa que llanto e insectos; cómo podías dormir en un dormitorio con sesenta chicos más y aun así comprender que estabas solo en este mundo. Rodeado de personas y al mismo tiempo sin nadie alrededor. Aquí había multitudes por todas partes y, milagro, no te venían ganas de retorcerles el pescuezo sino de darles un abrazo. La ciudad entera, gente pobre y gente de Park Avenue, negros y blancos, puertorriqueños, en la acera, enarbolando carteles y banderas patrias y vitoreando a las personas que el día anterior habían sido sus adversarios en la cola del súper A&P, o les habían quitado el último asiento libre en el metro, o habían andado por la acera más lentos que una morsa. Competidores para conseguir piso, o plaza en un colegio, o el mismo aire… Toda aquella hostilidad tan preciada, que tanto esfuerzo había costado, se diluía durante unas horas en la celebración de un ritual de resistencia y sufrimiento ajeno. «Tú puedes.»

Mañana tocaba volver al frente, pero esta tarde la tregua duraría hasta que el último corredor cruzara la meta.

El sol se había puesto. Noviembre decidió enviar una buena ventolera para recordarle a todo el mundo que seguían viviendo en su reino. Salió del parque por la Sesenta y seis, pasando apresuradamente entre dos policías a caballo, un pececillo negro reflejado en las gafas de sol de los polis. Cuando llegó a Central Park West, la multitud ya casi se había dispersado.

—¡Eh, tío! ¡Eh, espera un momento!

Como muchos neoyorquinos, tenía un sistema de alerta contra yonquis y se volvió armado de valor.

El otro le miró sonriente.

—Nos conocemos, tío. ¡Soy Chickie! ¡Chickie Pete!

Y lo era. Chickie Pete, de Cleveland. Todo un hombre ya.

No se topaba a menudo con gente de aquella época. Una de las ventajas de vivir en la parte alta. Una vez había visto a Maxwell en un combate de lucha libre en el Garden, Jimmy «Superfly» Snucka lanzándose en picado dentro de la jaula como un murciélago gigante. Maxwell estaba haciendo cola en una de las franquicias, lo bastante cerca para verle la cicatriz de quince centímetros que le nacía en la frente, saltaba por encima de la cuenca ocular y le hendía la mandíbula. También creyó ver al patizambo Birdy delante de un Gristedes, tenía sus mismos rizos dorados, pero el tipo lo miró totalmente inexpresivo. Como si llevara un disfraz y estuviera cruzando la frontera con documentos falsos.

—¿Cómo te va, tío?

Su viejo compañero de la Nickel llevaba una sudadera verde de los Jets y un pantalón de chándal rojo que le venía una talla grande, ropa prestada.

—Tirando. Tienes buen aspecto.

Había calibrado correctamente la vibración: Chickie no

era yonqui, pero había estado de vuelta de todo varias veces, tenía esa cosa brutal de los drogadictos cuando acaban de salir de chirona o de rehabilitación. Y allí estaba, chocando palmas con él, agarrándole del hombro y hablando demasiado alto en un alarde de gregarismo. Una mueca andante.

—¡Tú en persona!

—Chickie Pete.

—¿Hacia dónde vas?

Chickie Pete propuso ir a tomar unas cervezas, invitaba él. No hubo manera de decirle que no, y después de la maratón quizá no estaba de más poner a prueba su propia benevolencia con respecto al prójimo, incluso si el prójimo en cuestión era de unos tiempos tenebrosos.

Conocía Chipp's de cuando vivía en la Ochenta y dos, antes de mudarse a la parte alta. Columbus era entonces una zona aletargada —todo cerrado a las ocho como máximo—, pero luego fueron abriendo locales en la avenida, bares para solteros y restaurantes donde podías reservar mesa. Igual que en el resto de la ciudad: un día da pena y al siguiente, tachán, es lo más *in* del momento. Chipp's era un local como Dios manda: camareros que recordaban lo que solías pedir, hamburguesas decentes, conversación si te apetecía y si no un simple saludo con la cabeza. La única vez que recordaba haber presenciado allí un incidente racial fue cuando un blancucho con una gorra de los Red Sox empezó a decir «negrata» por aquí y «negrata» por allá y unos minutos después lo echaban a la calle.

A los tíos de Horizon les gustaba pasarse por el Chipp's lunes y jueves, que era cuando trabajaba Annie, especialmente por su política de invitaciones y por su busto, ambos generosos. Cuando As de la Mudanza empezó a funcionar, a veces salía con sus empleados y los llevaba allí, hasta que comprobó que, por el hecho de haber compartido barra con el jefe, se tomaban excesivas libertades. Como llegar tarde o no presentarse poniendo una excusa de lo más burda. O hechos unos zorros, con el uniforme todo arrugado. Costaban una pasta, aquellos uniformes. Él mismo había diseñado el logotipo.

Había partido en la tele, con el volumen bajo. Chickie y él se sentaron a la barra y el camarero les puso las jarras sobre sendos posavasos que anunciaban el Smiles, un bar de ligues que antes había unas manzanas más allá. El barman era nuevo, un blanco. Pelirrojo y con maneras de pueblerino. Le gustaba levantar pesas, y sus bíceps parecían querer reventar las mangas de su camiseta. La clase de gorila que uno contrata para los sábados por la noche si tiene muchos clientes.

Aunque Chickie había dicho que invitaba, él puso un billete de veinte sobre la barra.

–Tú tocabas la trompeta, ¿no? –dijo.

Chickie estaba en la orquesta de color y causó sensación en el espectáculo de Año Nuevo con una versión jazzística de «Greensleeves», si no recordaba mal, una interpretación casi bebop.

Que le recordaran su talento hizo sonreír a Chickie.

–Eso fue hace mucho. Mira mis manos.

Le enseñó dos dedos torcidos como patas de cangrejo. Luego dijo que acababa de pasar treinta días en desintoxicación.

Mencionar que estaban sentados en un bar le pareció una descortesía.

Pero Chickie siempre había sabido sobreponerse a sus limitaciones. Llegó a la Nickel siendo un canijo enclenque como un palillo, y se tiró todo el primer año acojonado hasta que aprendió a pelear. A partir de ahí empezó a abusar de los más pequeños, a llevárselos a retretes y cuartos de suministros: uno enseña lo que le han enseñado. Eso, y lo de la trompeta, era lo único que recordaba de aquel chico de la Nickel, hasta que Chickie se puso a hablar de su vida después de salir de allí. Era una canción conocida, la había oído muchas veces, no de boca de antiguos compañeros sino de gente que había cumplido condena en sitios parecidos. Una temporada en el ejército, atraído por la rutina y la disciplina.

–Muchos tíos pasaron del reformatorio a las fuerzas armadas. Parece una opción lógica, sobre todo si no tienes casa adonde volver. O ningunas ganas de volver.

Después de doce años en el ejército, Chickie tuvo una crisis nerviosa y lo expulsaron. Se casó un par de veces. Trabajaba en lo primero que pillaba. Lo mejor fue vender tocadiscos en Baltimore. Sabía de alta fidelidad como el que más.

—Siempre había bebido —dijo—. Pero últimamente, cuanto más me esforzaba por sentar la cabeza, más me emborrachaba cada noche.

En mayo le había pegado a un tío en un bar. El juez dijo que o cárcel o programa, no había más opciones. Chickie estaba en la ciudad porque había venido a ver a su hermana, que vivía en Harlem.

—Me deja estar en su piso mientras decido qué voy a hacer. Siempre me ha gustado Nueva York.

Chickie le preguntó a qué se dedicaba, y él se sintió un poco incómodo hablándole de su empresa de mudanzas, de modo que redujo a la mitad el número de camiones y de empleados, y tampoco mencionó la oficina que tenía en Lenox Avenue, de la cual estaba bastante orgulloso. Un alquiler de diez años. El contrato más largo que había firmado en su vida, y era raro porque lo único que le preocupaba de este asunto era que no le preocupaba en absoluto.

—Caramba, tío —dijo Chickie—. ¡Vas progresando! ¿Tienes novia?

—Bueno, supongo que no he sentado la cabeza. Salgo por ahí, cuando no voy apurado de trabajo.

—Te entiendo, te entiendo.

La luz de la calle disminuyó un poco a medida que los edificios más altos anunciaron un prematuro anochecer. Momento oportuno para una dosis del blues dominical del mañana-tengo-que-madrugar, y no fue el único que entonó esa canción: hubo avalancha de gente en la barra. El barman musculitos sirvió primero a las dos universitarias rubias, probablemente menores de edad y desafiando las leyes sobre consumo de alcohol al sur de la Universidad de Columbia. Chickie se le adelantó y pidió otra cerveza.

Se pusieron a hablar de los viejos tiempos y rápidamente se centraron en los temas más oscuros, lo peor del personal de la Nickel, mandos y supervisores. Él no mentó a Spencer, no fuera que apareciese de repente en Columbus Avenue como un espectro sureño; el miedo que le tenía de niño no había desaparecido del todo. Chickie mencionó a algunos chavales de la Nickel con quienes se había topado en un momento u otro: Sammy, Nelson, Lonnie. Este era un timador, el otro había perdido un brazo en Vietnam, el de más allá estaba enganchado. Chickie dijo nombres en los que él no había pensado desde hacía una eternidad, fue como una imagen de la Última Cena, doce perdedores con Chickie en el centro. Eso es lo que la Nickel le hacía a un chico. Salías de allí pero lo llevabas dentro, te doblegaba de mil y una maneras hasta impedirte llevar una vida normal, y cuando salías estabas marcado para siempre.

¿Y él? ¿Hasta qué punto estaba doblegado?

—¿Tú saliste en el 64? —le preguntó Chickie.

—¿Ya no te acuerdas?

—¿Qué?

—Nada. Cumplí la condena —una mentira contada muchas veces, cuando se le escapaba hablar del reformatorio— y me echaron. Primero me mudé a Atlanta y luego fui subiendo hacia el norte, ya sabes. Llevo aquí desde el 68. Veinte años ya.

En todo ese tiempo había dado por sentado que su fuga de la Nickel se había convertido en leyenda, que los alumnos se la contaban unos a otros como si él fuera una especie de héroe popular, un Stagger Lee reducido a escala adolescente. Pero no había sido así. Chickie Pete no recordaba siquiera cómo salió de allí. Para ser recordado, debería haber hecho como todo el mundo y grabado su nombre en un banco. Encendió otro cigarrillo.

—Oye —dijo Chickie Pete entornando los ojos—, ¿y qué sabes de aquel tío con el que te juntabas siempre?

—¿Qué tío?

—El que tenía aquella cosa. Estoy intentando recordar…

—No sé.

—Ya me vendrá —dijo Chickie, y se largó al servicio.

Por el camino hizo un comentario a una mesa de chicas que celebraban un cumpleaños. Ellas se rieron de él en cuanto entró en el lavabo.

Chickie Pete y su trompeta. Podría haber sido profesional, ¿por qué no? Músico de sesión para un grupo de funk, o una orquesta. Si las circunstancias hubieran sido diferentes… Los chicos podrían haber sido muchas cosas si la Nickel no los hubiera echado a perder. Médicos que curan enfermedades, o neurocirujanos, o de los que inventan algo que salva vidas. Candidatos a presidente. Tantos genios echados a perder —bueno, no todos eran genios, sin ir más lejos Chickie Pete no iba a resolver la teoría de la relatividad especial—, pero se les había negado incluso el simple placer de ser gente normal y corriente. Lisiados y discapacitados antes incluso de empezar la carrera, sin saber cómo hacía uno para ser normal.

Se fijó en que los manteles eran nuevos, de hule a cuadros rojos y blancos. Cuando solían venir en otro tiempo, Denise siempre se quejaba de que las mesas estuvieran pegajosas. Una de las cosas que él había echado a perder: Denise. A su alrededor, la gente comía hamburguesas con queso y bebía cerveza en el ambiente de alegría propio del mundo libre. Fuera, una ambulancia pasó a toda velocidad, y en el espejo oscuro detrás de los licores creyó verse a sí mismo perfilado en rojo, como si un aura resplandeciente lo señalara como el intruso que era. Todo el mundo lo veía, del mismo modo que él sabía la historia de Chickie en dos pinceladas. Ellos siempre serían prófugos, independientemente de cómo hubieran salido de la Nickel.

En su vida nadie duraba mucho.

De vuelta del baño, Chickie Pete le dio una palmada en la espalda. Eso le puso de mala leche; pensar que zopencos como Chickie estaban vivitos y coleando y su amigo no…

—Tengo que irme, tío —dijo, poniéndose de pie.

—Ya, ya, claro. Yo también —dijo Chickie, con aquel aplomo de los que no tienen nada que hacer—. No quería preguntar… —añadió.

Ya estamos.

—Pero si necesitas gente, a mí me vendría bien un trabajo. Estoy durmiendo en un sofá.

—Vale.

—¿Tienes alguna tarjeta?

Hizo ademán de sacar la cartera, donde llevaba varias tarjetas de AS DE LA MUDANZA —«Señor Elwood Curtis, director general»—, pero se frenó a tiempo.

—No, aquí no.

—Con el curro me apaño bien. Es lo que quería dejar claro. —Chickie escribió el número de su hermana en una servilleta roja—. Llámame, ¿vale? Por los viejos tiempos.

—Descuida.

En cuanto estuvo seguro de que Chickie Pete se había perdido definitivamente de vista, se encaminó hacia Broadway. Le entraron unas ganas totalmente atípicas de tomar el autobús 104, que subía por Broadway. Disfrutar de las vistas, embeberse de la vida de la ciudad… pero lo dejó correr. La maratón había terminado, y también su sentimiento de bonhomía. En Brooklyn y en Queens, en el Bronx y en Manhattan, coches y camiones habían recuperado la propiedad sobre las calles cortadas, borrada kilómetro a kilómetro la ruta de la carrera. El itinerario estaba marcado en el asfalto con pintura azul, y cada año desaparecían las marcas sin darse uno cuenta. Las bolsas blancas de plástico correteaban de nuevo arriba y abajo, volvían a verse los cubos rebosantes de basura, los envoltorios de McDonald's y las ampollas con tapón rojo de crack crujían bajo los pies. Paró un taxi y se puso a pensar en la cena.

Era curioso que le hubiera gustado tanto la idea de su Gran Escapada corriendo de boca en boca entre los alumnos, haciendo cabrear al personal de la Nickel cuando oyeran hablar de ello a los chicos. Pensaba que esta ciudad era un buen sitio para él porque nadie le conocía, y le gustaba la contradicción de que el único lugar en que sí le conocían fuera el único donde no quería estar. Lo vinculaba a todas esas otras personas que van a Nueva York huyendo de su ciudad o pueblo natal, o de algo peor. Pero hasta la Nickel se había olvidado de él.

Rechazar a Chickie por ser un muerto de hambre cuando él iba camino de su apartamento vacío.

Sacó la servilleta roja de Chickie Pete, la hizo pedazos y la tiró por la ventanilla. Le vino a la cabeza el eslogan «A nadie le gustan los que ensucian», cortesía del nuevo estilo de calidad de vida de la ciudad. Una campaña exitosa, a juzgar por cómo se le había quedado grabada la frase.

—Que me pongan una multa —dijo.

14

El director Hardee suspendió dos días las clases a fin de adecentar las instalaciones con vistas a la inspección estatal. Era una inspección sorpresa, pero un hermano suyo de fraternidad universitaria llevaba el departamento de protección a la infancia en Tallahassee y le avisó por teléfono. A pesar del trabajo constante de las cuadrillas de alumnos, había muchos elementos estéticos que requerían atención. La cuarteada pista de baloncesto clamaba por una nueva superficie y aros nuevos también, mientras que los tractores y los rastrillos de las granjas estaban bastante oxidados. La imprenta irradió una luz extrañísima cuando los chicos limpiaron la espesa capa de mugre acumulada durante generaciones en las claraboyas. La mayor parte de los edificios, desde el hospital hasta las aulas pasando por los garajes, necesitaban urgentemente una capa de pintura, y sobre todo las residencias, en especial las del alumnado negro. Era todo un espectáculo ver a los chicos, grandes y pequeños por igual, enfrascados en la labor y unidos por un mismo fin, las barbillas manchadas de pintura, los marmotas bamboleándose por el peso de las latas de Dixie que acarreaban de un lado a otro del campus.

En Cleveland, el monitor Carter recurrió a sus tiempos de albañil e hizo una demostración de cómo rellenar de mortero las juntas entre aquellos buenos ladrillos de la Nickel. Utilizaron palancas para arrancar los tablones podridos del suelo, y cortaron y colocaron unos nuevos. Para los trabajos especializados, Hardee echó mano de gente de fuera. La nueva caldera, que les habían entregado hacía dos años, fue finalmente instalada. Los fontaneros sustituyeron dos urinarios rotos de la primera planta, mientras que fornidos techadores se ocuparon de arreglar los desperfectos de las cubiertas, para que las goteras no volvieran a despertar a los chicos del dormitorio 2 por las mañanas.

Se pintó también la Casa Blanca, aunque nadie vio quién lo hizo. Un día estaba roñosa como de costumbre, y al siguiente no podías mirarla de tan relumbrante como había quedado.

A juzgar por la cara que ponía Hardee recorriendo el recinto, parecía que los chicos iban a hacer un buen papel. Cada equis décadas, un reportaje periodístico sobre malversación o malos tratos en el centro daba pie a una investigación por parte del estado, con su consiguiente estela de prohibiciones: nada de castigos corporales, nada de celdas oscuras ni de «cajas de sudor». La administración instauró una estricta contabilidad de los suministros escolares, que tenían cierta tendencia a desaparecer, así como de los beneficios de las diversas empresas en que participaba el alumnado, beneficios que casualmente también solían desaparecer. Se puso fin a que los alumnos cumplieran el régimen de libertad condicional en el seno de familias y negocios locales, y se aumentó el personal médico. Despidieron al dentista de toda la vida y encontraron a uno que no cobraba por extracción.

No obstante, hacía años que la Nickel no había sido objeto de acusación alguna. En esta ocasión, el motivo de la inspección era que, como tantas otras instalaciones propiedad del gobierno, estaba en la lista para una visita rutinaria.

Los trabajos —agrícolas, de imprenta, de fabricación de ladrillos— continuaron como siempre puesto que fomentaban la responsabilidad, forjaban el carácter, etcétera, y eran una importante fuente de ingresos. Dos días antes de la inspección, Harper dejó a Elwood y Turner en casa del señor Edward Childs, antiguo supervisor del condado y uno de los impulsores de la Academia Nickel para Chicos. La relación entre la escuela y la familia se remontaba a unos cinco años atrás, cuando Edward Childs y el Kiwanis Club costearon a medias los uniformes del equipo de fútbol. La Nickel confiaba en que, incentivo mediante, Childs tuviera un nuevo gesto de generosidad.

Bertram, el padre de Edward, había sido funcionario del gobierno local y también miembro del consejo escolar del centro. Era un acérrimo defensor del peonaje (cuando eso estaba permitido) y arrendaba con frecuencia los servicios de alumnos en libertad condicional. Los chicos cuidaban de los caballos en la época en que había una caballeriza en la parte de atrás, y también de las gallinas. El sótano que Elwood y Turner limpiaron esa tarde era donde dormían los chicos con contrato de aprendiz. Cuando había luna llena, se ponían de pie en el catre y contemplaban su ojo lechoso a través del cristal rajado de la solitaria ventana.

Elwood y Turner desconocían la historia de aquel sótano. Les habían encargado retirar sesenta años de cachivaches a fin de poder convertirlo en una sala de ocio, con suelo de baldosas ajedrezado y paneles de madera en las paredes. Los adolescentes de Childs habían estado metiendo presión y el señor Edward Childs tenía algunas ideas para aquel espacio, ya que su mujer y sus hijos iban cada mes de agosto a ver a la familia de ella y Childs tenía que apañárselas solo. Una barra de bar, una iluminación moderna… cosas que habían visto en revistas. Pero antes de que esos sueños se hicieran realidad, bicicletas viejas, baúles vetustos, ruecas que no hilaban desde hacía siglos y una multitud de polvorientas reliquias esperaban su recompensa final. Los chicos abrieron las gruesas puertas del sótano y pusieron manos a la obra. Harper esperaba sentado en la furgoneta, escuchando el partido de béisbol en la radio y fumando.

—El chatarrero se va a poner contentísimo —dijo Turner.

Elwood subió las escaleras con un montón de *Saturday Evening Post* atrasados y los dejó en el bordillo junto a la pila de *Imperial Nighthawk*. El *Imperial* era un periódico del Klan;

en el número que quedaba a la vista salía un jinete nocturno con la túnica negra portando una cruz en llamas. Si Elwood hubiera cortado el cordel del paquete, habría descubierto que se trataba de un tema de portada más que habitual. Lo puso boca abajo para no ver aquella imagen, y por el otro lado le salió un anuncio de crema de afeitar Clementine.

Mientras Turner hacía comentarios jocosos por lo bajini o silbaba una de Martha and the Vandellas, los pensamientos de Elwood trazaron un surco. Periódicos diferentes para diferentes países. Se acordó de haber buscado «ágape» en su enciclopedia después de leer el discurso del doctor King en el *Defender*. El rotativo publicó el discurso entero tras la aparición del reverendo en el Cornell College. Si Elwood se había topado antes con aquella palabra, en todos los años en que se dedicó a picotear en el libro, no se le había quedado grabada. King describía «ágape» como un amor de índole divina que anidaba en el corazón del hombre. Un amor desinteresado e incandescente, el más elevado que existe. King invitaba a su público negro a cultivar ese amor puro hacia sus opresores, para que de esa forma tal vez se pasaran al otro lado de la lucha.

Elwood se esforzó por entenderlo, ahora que había dejado de ser la idea abstracta que le rondara por la cabeza la primavera anterior. Porque ahora era real.

«Metednos en la cárcel y nosotros os seguiremos amando. Arrojad bombas contra nuestras casas y amenazad a nuestros hijos, y nosotros, por muy difícil que sea, os seguiremos amando. Enviad a vuestros criminales encapuchados para que entren en nuestras comunidades al amparo de la noche y se nos lleven a rastras a un camino apartado y nos abandonen allí tras darnos una paliza de muerte, y nosotros os seguiremos amando. Pero tened por seguro que nuestra capacidad de sufrimiento acabará por agotaros, y que un día ganaremos nuestra libertad.»

La capacidad de sufrimiento. Elwood, todos los chicos de la Nickel, existían en virtud de esa capacidad. La respiraban, la comían, la soñaban. La vida para ellos consistía en eso. De lo contrario, habrían perecido. Las palizas, las violaciones, la implacable humillación a su persona. Y ellos aguantaban. Pero ¿amar a los que pretendían destruirlos? ¿Dar ese salto? «Opondremos a vuestra fuerza física la fuerza del alma. Hacednos lo que os plazca, que nosotros os seguiremos amando.»

Elwood meneó la cabeza. Cómo podía pedirse algo así. Eso era imposible.

—¿Me oyes? —preguntó Turner, agitando los dedos frente a la cara embobada de su amigo.

—¿Qué?

Turner necesitaba que le echara una mano dentro. Habían avanzado bastante, incluso con la técnica de demora perfeccionada por Turner, y habían desenterrado un alijo de viejos baúles arrumbados bajo el hueco de la escalera. Ciempiés y lepismas salieron corriendo cuando los chicos arrastraron los baúles hasta el centro del sótano. Los sellos que decoraban aquella maltrecha lona negra hablaban de travesías a Dublín, las cataratas del Niágara, San Francisco y otros lejanos puertos de escala. Una historia de viajes exóticos en tiempos pasados, lugares que aquellos chicos nunca llegarían a ver en sus vidas.

Turner resopló y dijo:

—¿Qué habrá aquí dentro?

—Lo he ido apuntando todo —dijo Elwood.

—¿El qué?

—Las entregas. Los trabajos en jardines y demás faenas. Los nombres de todo el mundo y las fechas. Todo lo que hemos hecho de servicio comunitario.

—Tío… ¿Y a santo de qué has hecho algo así?

Turner sabía la respuesta, pero sentía curiosidad por ver cómo lo expresaría su amigo.

—Tú lo dijiste. Nadie me iba a sacar de aquí, solo yo.

—A mí no me hace caso ni Dios. ¿Por qué has tenido que ser tú el primero?

—Al principio no sabía por qué lo hacía. Después de aquella primera salida con Harper, me puse a escribir lo que había visto. En un cuaderno de la escuela. Y lo he seguido haciendo. Así me sentía mejor. Supongo que era para contárselo a alguien más adelante, y es lo que pienso hacer ahora. Cuando vengan los inspectores, les daré el cuaderno.

—¿Y qué crees que van a hacer? ¿Poner tu foto en la portada de *Time*?

—Lo he hecho para parar esto.

—Vaya, otro de esos ilusos… —Oyeron pasos sobre sus cabezas (no le habían visto el pelo a la familia Childs en todo el día) y Turner buscó algo que hacer, como si temiera que pudiesen tener visión de rayos X—. Has ido trampeando, El. No has vuelto a meterte en líos desde aquella vez. Te llevarán allí detrás y te destrozarán el culo, y luego me llevarán a mí también. Pero ¿qué cojones te pasa?

—No, Turner, te equivocas. —Elwood tiró del asa de un baúl marrón medio destrozado. El asa se partió en dos—. No es una carrera de obstáculos —dijo—. No se trata de dar vueltas a la pista; hay que atravesarla. Andar con la cabeza bien alta, no importa lo que te tire la gente.

—Yo respondí por ti —dijo Turner, limpiándose las manos en el pantalón—. Te fastidiaron bien fastidiado y ahora necesitas sacarlo de dentro. Vale, perfecto. —En un tono que zanjaba la conversación.

Subir todas aquellas cosas fue como realizar una operación quirúrgica: cortar el tejido muerto de la casa y tirarlo a la bandeja de la acera. Turner dio unos porrazos a la puerta de la furgoneta para despertar a Harper. En la radio no se oían más que interferencias.

—¿Qué le pasa a ese? —le preguntó Harper a Elwood, ya de regreso.

Era toda una novedad que Turner no dijese ni pío.

Elwood meneó la cabeza y se puso a mirar por la ventanilla.

Aquella noche, su cerebro se pobló de pensamientos. La airada pregunta de Turner vino a sumarse a la multitud de cosas que le preocupaban. La cuestión no era qué creía Elwood que iban a hacer los blancos, sino si confiaba en que lo harían.

Estaba solo en su particular protesta. Había escrito dos veces al *Chicago Defender* pero no había recibido respuesta, y eso que mencionaba el artículo que había escrito con seudónimo. De eso hacía dos semanas. Pero la idea de que al periódico le importara muy poco lo que ocurría en la Nickel era menos inquietante que la posibilidad de que recibieran tantas cartas parecidas, tantas denuncias, que no pudieran atenderlas todas. Este era un país grande, al fin y al cabo, un país con un apetito ilimitado por discriminar y avasallar al prójimo; ¿cómo iban a estar al corriente de tantísimas injusticias, pequeñas o grandes? La Nickel era solo un lugar más. Un restaurante de Nueva Orleans, una piscina pública en Baltimore que llenaban de hormigón antes de permitir que chavales negros metieran un dedo del pie en el agua. Era solo un lugar, pero si existía uno, entonces habría centenares, cientos de Nickels y de Casas Blancas esparcidas como fábricas de dolor a lo largo y ancho del país.

Si le pedía a su abuela que enviara la carta, suponiendo que pudiera hacérsela llegar, seguro que la abriría al instante y la tiraría a la basura. Por miedo a lo que pudiera pasarle a él… y eso que ni siquiera sabía lo que le habían hecho ya. Elwood tendría que confiar en algún desconocido. Era algo imposible, como amar al que quería destruirte, pero ese era precisamente el mensaje del movimiento: confiar en la honestidad primordial que anida en todo corazón humano.

«Así o así.» ¿Este mundo cuyas injusticias lo volvían a uno sumiso y timorato, o ese mundo más auténtico que estaba siempre ahí, esperando a que lo alcanzaras?

El día de la inspección, durante el desayuno, Blakeley y los otros jefes del campus norte dejaron claro el mensaje: «Si metéis la pata, chicos, estáis jodidos». Blakeley, Terrance Crowe, de Lincoln, y Freddie Rich, que se encargaba de Roosevelt. Cada día llevaba la misma hebilla de cinturón con forma de bisonte, justo entre el paquete y la panza, como un animal yendo de una colina a la otra.

Blakeley les informó del programa. Se lo veía despierto y alerta; debía de haber renunciado a sus copitas de antes de acostarse. Dijo que los chicos negros no tenían que estar preparados hasta la tarde. La inspección comenzaría por el campus blanco: primero aulas y dormitorios y luego las instalaciones grandes como el hospital y el gimnasio. Hardee quería presumir de pista de atletismo y de la nueva cancha de baloncesto, o sea que ese sería el paso siguiente antes de que los hombres de Tallahassee fueran al otro lado de la colina para ver las granjas, la imprenta y la renombrada planta de fabricación de ladrillos. El campus de los negros quedaría para el final.

—Sabéis que el señor Spencer se disgustará si os pilla con los faldones de la camisa por fuera o si dejáis abiertos los sucios cajones de vuestros baúles —dijo—. Y no resultará muy agradable.

Estaban los tres jefes de casa plantados ante las bandejas con el desayuno, el que se pretendía hacer creer a los inspectores que se servía a diario: huevos revueltos, jamón, zumo recién exprimido y peras.

—¿Cuándo vendrán aquí, señor? —le preguntó a Terrance uno de los marmotas.

Terrance era un hombre robusto de ojos acuosos y una rala barba blanca. Llevaba trabajando en la Nickel más de veinte años, y por tanto había visto todo tipo de iniquidades. Eso le convertía, a ojos de Elwood, en uno de los mayores cómplices.

—De un momento a otro —respondió Terrance.

Una vez que los jefes tomaron asiento, los chicos fueron autorizados a desayunar.

Desmond levantó la vista de su bandeja.

—No comía así de bien desde… —No supo decir desde cuándo—. Ojalá hubiera inspecciones cada semana.

—Nada de hablar —dijo Jaimie—. Tú come y calla.

Los chicos se pusieron las botas, rebañando el plato a placer. Pese al severo discurso, el soborno de la comida dio sus frutos. Los chicos estaban de buen humor, entre el papeo, la ropa nueva, el comedor recién pintado. Habían repartido pantalones entre aquellos que los tenían ajados en las vueltas o las rodilleras. Todos llevaban los zapatos relucientes. La cola para cortarse el pelo había dado dos veces la vuelta al edificio donde estaba la barbería. Daba gusto verlos a todos, incluso a los que tenían la tiña.

Elwood buscó a Turner con la mirada. Estaba sentado entre unos chavales de Roosevelt con quienes había compartido dormitorio en su primera estancia en la Nickel. Por su sonrisa impostada, estaba claro que sabía que Elwood le estaba mirando. Turner apenas le había hablado desde aquel día en el sótano. Todavía se relacionaba con Jaimie y Desmond, pero se escabullía en cuanto veía acercarse a Elwood. Casi no aparecía por la sala de recreo, y Elwood imaginó que se pasaba el día en su altillo. Se le daba casi tan bien como a Harriet castigar con el silencio, sobre todo teniendo en cuenta los años de ventaja que le llevaba su abuela en este sentido. ¿La moraleja de tanto silencio? Mantén la boca cerrada.

Normalmente los miércoles tocaba servicio comunitario, pero por motivos evidentes a Elwood y a Turner se les encargó otra tarea. Harper los buscó después del desayuno y les dijo que fueran a las graderías. Las del campo de fútbol estaban en muy mal estado, combadas e inestables. Hardee había decidido esperar a repararlas el mismo día de la inspección, como si una empresa de semejante calibre fuera algo que se hiciera en una jornada de clase normal. Diez chicos recibieron el encargo de lijar, sustituir y pintar los tablones de un lado del campo, y otros diez los del lado contrario. Para cuando los inspectores hubieran terminado la visita al campus blanco, el trabajo estaría ya muy avanzado. Elwood y Turner estaban en cuadrillas diferentes.

Elwood se puso a buscar los tablones más gastados o podridos. Unos diminutos bichos grises salían a la superficie y se escabullían para ocultarse de la luz del sol. La señal llegó cuando Elwood había conseguido ya un buen ritmo de trabajo: los inspectores acababan de salir del gimnasio y se dirigían al campo de fútbol. Intentó pensar qué mote les habría puesto Turner. El más corpulento de ellos era clavado a Jackie Gleason; el del pelo cortado al rape parecía un refugiado de Mayberry; y el alto era igual que JFK. Tenía las mismas facciones angulosas WASP del presidente asesinado y la misma deslumbrante dentadura, y había elegido su corte de pelo para parecerse aún más. Al salir al sol, los inspectores se quitaron la americana —iba a ser un día de mucha humedad—, debajo de la cual llevaban camisa de manga corta y corbata negra con alfiler, lo que a Elwood le hizo pensar en Cabo Cañaveral y en aquellos inteligentes hombres con la sesera llena de trayectorias imposibles.

Elwood llevaba la carta dentro del bolsillo del uniforme como si arrastrara un yunque. «La oscuridad no puede expulsar a la oscuridad —decía el reverendo King—, solo la luz puede hacerlo. El odio no puede expulsar al odio, solo el amor puede hacerlo.» Había copiado su lista de cuatro meses de repartos y destinatarios, nombres y fechas y artículos entregados, los sacos de arroz y las latas de melocotones, los cuartos de ternera y los jamones de Navidad. Añadió tres líneas sobre la Casa Blanca y Azabache, y que uno de los alumnos, Griff, había desaparecido tras el campeonato de boxeo. Todo con su mejor caligrafía. No puso su nombre al pie, para engañarse pensando que así no sabrían la identidad del autor de la carta. Se enterarían de quién había sido el chivato, naturalmente, pero para entonces estarían en la cárcel.

Así pues, ¿era eso lo que se sentía? Caminar cogidos del brazo por el centro de la calle, un eslabón más en una cadena humana, sabiendo que al doblar la siguiente esquina esperaba la turba blanca con sus bates de béisbol, sus mangueras y sus insultos. Pero él estaba solo, tal como Turner le había dicho aquel día en el hospital.

A los chicos les habían enseñado a no decir nada hasta que un blanco les dirigiera la palabra. Lo aprendían desde que eran pequeños, en el colegio, en las calles de sus polvorientas ciudades y pueblos. En la Nickel esa lección se reforzaba: Eres un chico de color en un mundo de blancos. Elwood había barajado diferentes escenarios para hacer la entrega: las aulas, el espacio delante del comedor, el aparcamiento junto al edificio de administración. En ningún momento había contemplado el montaje de esta particular obra de la emancipación sin que se produjera una interrupción: Hardee o Spencer, normalmente Spencer, saltando al escenario y arruinando la escena. Imaginaba que los inspectores irían acompañados del director y el superintendente, pero no, los hombres llegaron sin escolta. Caminando tranquilamente por los senderos, señalando esto o aquello, haciendo comentarios entre ellos. De vez en cuando paraban a alguien e intercambiaban unas palabras; llamaron a un chico blanco que se dirigía corriendo hacia la biblioteca; cogieron por banda a la señorita Baker y a otra profesora para charlar un poco.

Sí, quizá era posible.

JFK, Jackie Gleason y Mayberry se entretuvieron junto a las nuevas canchas de baloncesto (había que reconocerle a Hardee que en esto había sido muy astuto) y después se dirigieron hacia los campos de fútbol. «Haced como que estáis muy ocupados», dijo Harper en voz baja, y agitó una mano hacia los inspectores. Luego recorrió la línea de cincuenta yardas para ir hacia la gradería de enfrente y no dar la impresión de que estaba interfiriendo en el trabajo. Elwood bajó por las gradas y rodeó a Lonnie y Black Mike, que intentaban colocar torpemente una tabla de pino en el andamio. Tenía el ángulo perfecto para interceptarlos. Bastaría con un rápido movimiento de la mano. Y si Harper lo veía y preguntaba qué había en ese sobre, él le diría que es un artículo sobre cómo los derechos civiles han cambiado la vida de la nueva generación de gente de color, y que llevaba trabajando en ello desde hacía semanas. Sonaba como una de esas cursiladas que Turner le echaba siempre en cara.

Elwood se encontraba a dos metros de los hombres blancos. El corazón le dio un vuelco. No acarrear más aquel yunque. Se giró hacia el montón de tablones y apoyó las manos en las rodillas.

Los inspectores continuaron colina arriba. Jackie Gleason hizo un chiste y los otros dos rieron. Pasaron de largo la Casa Blanca sin mirarla siquiera.

Los otros alumnos armaron tal alboroto al ver lo que la cocina les había preparado para comer –hamburguesas, puré de patata y helado que nunca iría a parar al interior de Fisher's–, que Blakeley hubo de decirles que se callaran. «¿Queréis que esos señores piensen que esto es una especie de circo?» A Elwood no le entró ni un bocado. La había cagado. Decidió intentarlo de nuevo en Cleveland. La sala de recreo, un rápido «Disculpe, señor» en el pasillo. En vez de hacerlo al aire libre, en mitad del césped. Así tendría dónde esconderse. Optó por dárselo a JFK. Pero ¿y si el inspector abría el sobre allí mismo? ¿O lo leía mientras iban colina abajo, justo cuando Hardee y Spencer se reunieran de nuevo con ellos para acompañarlos hasta la salida?

Habían azotado a Elwood. Pero él había aguantado los azotes y aún seguía allí. No podían hacerle nada que los blancos no les hubieran hecho ya a los negros, que no estuvieran haciendo justo en ese momento en una calle de Montgomery o Baton Rouge, a plena luz del día frente a los almacenes Woolworths. O en una carretera rural anónima sin nadie por testigo. Le azotarían, lo molerían a latigazos, pero no podrían matarle, no si el gobierno sabía lo que estaba ocurriendo allí. Dejó vagar la mente… y vio un convoy de furgones verde oscuro de la Guardia Nacional cruzando la verja de la Nickel, y a soldados saltando de su interior y poniéndose en formación. Tal vez los soldados no estuvieran de acuerdo con la misión que les habían encomendado, que sus simpatías estuvieran más del lado del antiguo orden, pero tenían que acatar las leyes del país. Del mismo modo que habían formado en Little Rock para permitir que aquellos nueve niños negros entraran en el Central High School, una muralla humana entre los furiosos blancos y los niños, entre el pasado y el futuro. Nada pudo hacer el gobernador Faubus, porque aquello era más grande que Arkansas y su mezquina perversidad, aquello eran los Estados Unidos de América. Un mecanismo de justicia puesto en marcha por una mujer que se sentó en un autobús donde le dijeron que no lo hiciera, por un hombre que pidió pan de centeno y jamón en un mostrador prohibido para negros. O por una carta de denuncia.

«Tenemos que creer con toda nuestra alma que somos alguien, que somos importantes, que valemos, y tenemos que caminar a diario por las calles de la vida con este sentido de dignidad y este sentido de ser alguien.» Si no tenía eso, ¿qué le quedaba? La próxima vez no titubearía.

La cuadrilla de las gradas volvió a la faena después de almorzar. Harper le agarró del brazo.

—Espera un momento, Elwood.

Los otros chicos siguieron cuesta abajo hacia el campo de fútbol.

—¿Qué ocurre, señor Harper?

—Quiero que vayas a las granjas y busques al señor Gladwell —dijo Harper. Gladwell y sus dos ayudantes supervisaban todas las labores agrícolas. Elwood no había hablado nunca con aquel hombre, pero todo el mundo le conocía por su sombrero de paja y su piel morena de labriego, cosas que hacían pensar que había llegado cruzando a nado el río Grande—. Esa gente del estado no va a ir hoy por allí —dijo Harper—, enviarán a unos expertos en cultivos y demás. Búscale y dile que puede tomárselo con calma.

Elwood se volvió hacia donde le señalaba Harper: los tres inspectores habían recorrido la calle principal y estaba subiendo los escalones para entrar en Cleveland. El señor Gladwell estaría en el quinto infierno, en aquellos campos de limas y boniatos al norte, hectáreas y hectáreas de terreno. Cuando volviera de allí, los inspectores ya se habrían marchado.

—Me gusta pintar, Harper. ¿No podrías mandar a uno de los pequeños?

—Señor Harper… señor.

En el campus tenían que atenerse a las normas.

—Señor, es que preferiría trabajar en las gradas.

Harper frunció el entrecejo.

—Estáis todos muy raros hoy —dijo—. Haz lo que te he pedido y el viernes todo volverá a ser como antes.

Harper dejó a Elwood en los escalones de entrada al comedor, justo en el sitio donde la pasada Navidad Desmond les contó a él y a Turner lo de los problemas de estómago de Earl.

—Yo lo haré.

Era Turner.

—¿De qué hablas?

—De esa carta que tienes en el bolsillo —dijo Turner—. Yo me encargo de dársela, joder. Mírate… Estás fatal.

Elwood lo escrutó en busca de una posible trampa. Pero Turner era un acérrimo defensor de los timadores, y un timador nunca delata su juego.

—He dicho que lo haré yo, y voy a hacerlo. ¿Tienes a alguien más?

Elwood le pasó la carta y corrió hacia los campos sin decir palabra.

Tardó una hora larga en dar con el señor Gladwell. Estaba sentado en una butaca de ratán junto a los campos de boniatos. El hombre se puso de pie y miró a Elwood entornando los ojos.

—Bueno, pues supongo que ahora ya puedo fumar —dijo, y volvió a encenderse el puro. Pegó un grito a sus pupilos, que habían parado de trabajar al ver acercarse a un mensajero—. Yo no he dicho que descanséis. ¡Vamos, a trabajar!

Elwood desanduvo el largo camino por los senderos que circundaban Boot Hill y pasaban junto a la caballeriza y la lavandería. Iba a paso lento. No quería saber si habían interceptado a Turner, o si le había delatado, o si simplemente se había llevado la carta a su escondite y le había prendido fuego. Fuera lo que fuese lo que le esperaba, nada cambiaría hasta que él llegara, de modo que se puso a silbar una tonada que recordaba de cuando era pequeño, un blues. No le venía la letra a la cabeza y tampoco se acordaba de si era su padre o su madre quien la cantaba, pero siempre que aquella canción le venía a la mente se sentía bien, una especie de frescor como el que daba la sombra de una nube aparecida de repente; algo que interrumpía otra cosa más grande, y que disfrutabas tú solo hasta que pasaba de largo.

Turner lo llevó a su altillo del almacén antes de la cena. Él tenía permiso para rondar por allí; Elwood no, y tuvo que sacudirse de encima una oleada de temor. Pero si había escrito aquella carta, también era lo bastante intrépido para entrar sin permiso en el almacén. El escondite era más pequeño de lo que él había imaginado, una especie de nicho particular que Turner había cavado en la cueva de la Nickel: paredes hechas con cajas, una mugrienta manta del ejército y un cojín del sofá de la sala de recreo. No era el escondite de un astuto maquinador, sino el minúsculo refugio de un fugitivo que hubiera entrado en una casa para guarecerse de la lluvia, el cuello de la chaqueta bien subido.

Turner se sentó apoyado contra una caja de aceite para máquinas y se abrazó las rodillas.

—Está hecho —dijo—. La he metido dentro de un número de *The Gator*. En el periódico, como hizo el señor Garfield aquel día en la bolera con los billetes para sobornar a la puta poli. He ido corriendo hasta su coche y le he dicho: «Pensé que le gustaría tener un ejemplar».

—¿A cuál de los tres?

—A JFK, ¿a quién si no? —Con gesto desdeñoso—. ¿Crees que iba a darle la carta a ese tío que parece Jackie Gleason?

—Gracias —dijo Elwood.

—No he hecho nada, El. He entregado el correo, eso es todo.

Tendió una mano y Elwood se la estrechó.

El personal de cocina volvió a sacar helado aquella noche. Los jefes, y presumiblemente Hardee, estaban satisfechos de cómo había ido la inspección. Al día siguiente en clase, y también durante el servicio comunitario del viernes, Elwood esperó alguna reacción, como si volviera a estar en clase de ciencias naturales en el instituto Lincoln, pendiente de que el volcán empezara a borbotear y a echar humo. La Guardia Nacional no entró en el aparcamiento con chirriar de frenos, Spencer no le puso una mano gélida en el cogote diciendo: «Muchacho, tenemos un problema». No ocurrió así.

Ocurrió como siempre ocurría. Por la noche, en los dormitorios, linternas reptando por su cara cuando le hicieron levantarse para llevarlo a la Casa Blanca.

15

Ella leyó lo del restaurante en el *Daily News* y le dejó el recorte en su lado de la cama para que lo viera. Hacía bastante tiempo que no salían juntos por la noche. Desde hacía tres meses, Yvette, su secretaria, se marchaba pronto del despacho para cuidar de su madre, y él tenía que hacer un sprint al final de cada jornada. La madre de Yvette estaba senil, solo que ahora lo llamaban demencia. En cuanto a Millie, era casi marzo y eso quería decir que la locura anual había menguado un poco, se aproximaba el 15 de abril y todo el mundo se afanaba por presentar la declaración. «Tienen un nivel de autoengaño decididamente patológico», decía Millie. Ella acostumbraba a llegar a casa para las noticias de las once. Él había cancelado ya dos citas nocturnas —lo de «cita nocturna» era algo salido de alguna revista femenina y estaba ya clavado como una astilla en su vocabulario cotidiano—, o sea que su mujer no le iba a perdonar otro fallo. «Dorothy ha estado dos veces y dice que es increíble», le comentó Millie.

Dorothy pensaba que eran increíbles muchas cosas, como las misas góspel con brunch, el programa *American Idol* y organizar una colecta contra aquella mezquita que querían abrir. Él se mordió la lengua.

Salió de la oficina a las siete, después de hacer un intento de entender el nuevo plan de salud que Yvette había sacado a la luz para la empresa. Era más barato, pero ¿no le iban a timar a la larga con el rollo del copago? Era un tipo de papeleo que siempre le había sacado de quicio y siempre lo desconcertaba. Tendría que decirle a Yvette que se lo volviera a explicar al día siguiente.

Al llegar a Broadway, bajó en la parada del City College y enfiló la cuesta. Hacía calor para estar a primeros de marzo, aunque él recordaba varias nevadas en Manhattan en pleno mes de abril y no estaba dispuesto a dar por muerto al invierno. «Siempre pasa en cuanto guardas el abrigo en el armario», decía, y Millie le respondía que hablaba como un ermitaño chiflado recién salido de su cueva.

Camille's estaba en la esquina de la Ciento cuarenta y uno con Amsterdam, situado en los bajos de un bloque de viviendas de siete plantas. En la reseña del *Daily News* decía que era un local de comida sureña moderna, con una carta de «platos sencillos con un toque innovador». ¿En qué consistía la innovación, en que era cocina negra del Sur hecha por blancos? ¿Tripas de cerdo con una especie de encurtido blancuzco por encima? Un letrero de neón de cerveza Lone Star parpadeaba en el ventanal, y el cartel con el menú estaba rodeado por una suerte de aureola de viejas placas de matrícula de Alabama. Tuvo que entornar los ojos: su vista ya no era la de antes. Pese a que aquello le olía a palurdo suelto, la comida no pintaba mal y no había demasiadas pijadas, y cuando llegó a donde estaba la maître pudo ver que la mayor parte de la clientela era del barrio. Negros, latinos que probablemente trabajaban en la zona, en la universidad. Carcas, pero su presencia era buena señal.

La maître era una chica blanca con un vestido hippie azul claro, ese tipo de onda. En sus flacos brazos llevaba tatuados caracteres chinos, a saber lo que ponía allí. Fingió que no le veía y él se puso a pensar: «¿Racismo o servicio malo?». No le dio tiempo a profundizar en el asunto pues ella se disculpó enseguida; mirando ceñuda el resplandor gris que tenía sobre el atril, dijo que el nuevo sistema operativo se había colgado.

—¿Quiere sentarse ya o prefiere esperar a que llegue el resto de su grupo?

La costumbre de años le hizo responder que esperaría fuera. Luego, una vez en la calle, le entró la misma sensación de desilusión que otras veces: Millie le había hecho dejar el tabaco. Se llevó a la boca un chicle de nicotina.

Una cálida noche de finales de invierno. No creía haber estado nunca en aquella manzana. Un poco más arriba, en la Ciento cuarenta y dos, reconoció un edificio donde hacía tiempo había hecho una mudanza, cuando todavía trabajaba en el camión. Aún recordaba aquellos tiempos, no sin una punzada y un estremecimiento. Ahora aquella zona se llamaba Hamilton Heights. La primera vez que uno de sus empleados le preguntó dónde estaba Hamilton Heights, él respondió: «Diles que se están mudando a Harlem». Pero el nombre persistió y acabó quedándose. Cuando las agencias inmobiliarias se inventaban nombres nuevos para lugares viejos, o resucitaban nombres viejos para lugares viejos, quería decir que el barrio estaba cambiando. Quería decir que gente joven, gente blanca, se estaba mudando allí. Él puede cubrir alquiler de oficina y nóminas. Si quieres pagarle para que te haga la mudanza a Hamilton Heights o a Lower Whoville o como decidan llamarlo ahora, él encantado de ayudar, mínimo tres horas.

Huida blanca pero a la inversa. Los hijos y los nietos de aquellos que habían huido de la isla años atrás, huido de los disturbios y de la bancarrota municipal y de los grafitis con el mensaje «Que os den por culo», fuera lo que fuese lo que hubiera escrito allí. No los culpaba: la ciudad era un vertedero cuando él llegó. Los blancos, con su racismo y su miedo y su desengaño, le habían costeado su nueva vida. Quieres pagar para mudarte a Roslyn, Long Island, vale, Horizon estará encantado de ayudar. Y aunque en aquel entonces cobraba el salario por hora en vez de pagar el salario por hora, fue una suerte que el señor Betts le pagara siempre puntual, en metálico y en negro, sin importarle de dónde viniera o cómo se llamara.

Un *West Side Spirit* asomaba del cubo de la basura que había en la esquina y eso le hizo pensar en decirle a Millie que no iba a hacer la entrevista. Cuando fueran a acostarse, o quizá mañana, para no echar a perder la velada. Una mujer del club de lectura de Millie que vendía espacios publicitarios para el periódico le había dicho que iba a proponer el nombre de Elwood para un reportaje que estaban preparando sobre el tema de los negocios locales. «Emprendedores con iniciativa.» Él era un emprendedor nato: un negro propietario de una empresa de mudanzas, con empleados locales, que orientaba a la gente.

—Yo no oriento a nadie —le había dicho a Millie.

Estaba en la cocina, anudando la bolsa de la basura.

—Pero si es un gran honor.

—Yo no soy de esos que necesitan atraer la atención de todo el mundo.

Era muy sencillo: una entrevista breve y luego enviarían a un fotógrafo para que sacara unas cuantas fotos de su nueva oficina en la calle Ciento veinticinco. Quizá una de él delante de la flota de camiones, el gran jefe, para que no hubiera lugar a dudas… Nada, totalmente descartado. No se mostraría desagradable, pondría un par de anuncios en el periódico y sanseacabó.

Millie se retrasaba cinco minutos. No era habitual en ella.

Qué fastidio. Retrocedió un par de pasos a fin de ver mejor el edificio, y entonces se dio cuenta de que ya había estado allí antes. En los años setenta. El restaurante era entonces un centro comunitario o algo por el estilo, asesoría legal, con una perspectiva diáfana de las mesas para que vieras que todos eran como tú. Ayudarte a rellenar la solicitud para vales de comida y otros programas gubernamentales, derribar el muro de la burocracia; probablemente lo llevaban antiguos panteras negras. Él entonces aún trabajaba en Horizon, o sea que tuvo que ser en los setenta. Último piso, mediados de verano, y el ascensor que no funcionaba. Subir encorvado por aquellas baldosas hexagonales blancas y negras, los peldaños tan gastados por el uso que parecían sonreír, cada piso una docena de sonrisas.

Exacto: la anciana había muerto y el hijo los había contratado para que lo empaquetaran todo y lo transportaran a la casa que tenía en Long Island, donde debían bajarlo a un sótano y meterlo como fuera entre la caldera y las cañas de pescar olvidadas. Y allí se quedaría todo hasta que el hombre se muriera, y como los hijos de este no sabrían qué hacer con ello, vuelta a empezar. La familia había empaquetado la mitad de las cosas de la anciana pero luego lo había dejado correr (uno aprende a detectar las señales cuando la gente renuncia ante la enormidad de la tarea). Guardaba todavía en la memoria varias imágenes de aquella tarde: trajinando arriba y abajo por la vivienda; las camisetas de Horizon pegadas a la espalda por el sudor; las ventanas cerradas a cal y canto aprisionando el mohoso olor a aislamiento y muerte; los armarios vacíos. La cama en que había fallecido la mujer, reducida al colchón a rayas azules y blancas y a las manchas que ella había dejado en él.

—¿El colchón lo cogemos?

—El colchón no lo cogemos.

Dios sabe que en aquellos tiempos él tenía miedo de morir así. Nadie se entera hasta que la peste alerta a los vecinos y el conserje, enfadado, deja entrar a la poli. Enfadado hasta que ve el cadáver y después todo es biografía encajada a piezas: dejó que el correo se le acumulara, una vez cubrió de insultos a la simpática señora de al lado y juró envenenarle los gatos. Morir solo en uno de sus antiguos cuartos, y qué es lo último que piensa antes de estirar la pata: en la Nickel. La Nickel persiguiéndolo hasta el postrer momento —un vaso sanguíneo le explota en el cerebro, o el corazón le revienta en el pecho— y también más allá. Tal vez lo que le esperaba en la otra vida no fuese sino la Nickel, con una Casa Blanca al final de la bajada y una eternidad de gachas de avena y la infinita hermandad de chicos rotos. Hacía muchos años que no pensaba en morir así; había empaquetado esos recuerdos en una caja y la había guardado en su sótano, junto a la caldera y las cañas de pescar olvidadas. Con el resto de su pasado. Había dejado de tejer ese tipo de fantasías mucho tiempo atrás. No porque tuviera a alguien en su vida. Sino porque ese alguien era Millie. Ella le arrancaba las partes malas. Él confiaba en hacer otro tanto.

Le vino una idea: comprarle flores a Millie, como cuando empezaban a salir. Habían pasado ocho años desde que la viera por primera vez en aquel acto benéfico en la Hale House, rellenando los boletos de la rifa con su pulcra letra. ¿Eso es lo que hacen los maridos normales, comprar flores sin ningún motivo? Tanto tiempo fuera de aquel reformatorio y aún se pasaba una pequeña fracción de sus días intentando descifrar los hábitos de la gente normal. Los que se habían criado en hogares felices, tres comidas al día y un beso de buenas noches, los que no se amargaban por Casas Blancas, Callejones del Amor ni jueces del condado blancos que te condenaban al infierno.

Millie se retrasaba. Si se daba prisa podía ir hasta Broadway y comprar un ramo barato en una tienda de coreanos antes de que ella llegara.

«¿Y esto por qué?», le preguntaría ella.

Por ser el mundo entero libre.

Debería haber pensado antes en lo de las flores, comprarlas en la tienda que había delante de la oficina o cuando había salido del metro, porque justo en ese momento ella dijo «Aquí está mi guapo marido», y hoy tocaba cita nocturna.

16

Aprendieron de sus padres a mantener al esclavo en fila y fueron transmitiendo esa herencia brutal. Arráncalo de su familia, azótalo hasta que lo único que recuerde sea el látigo, encadénalo hasta que no piense en otra cosa más que en cadenas. Una temporada en una caja de sudor metálica, con los sesos cociéndose al sol, y hasta el más pintado se derrumbaba. Lo mismo una celda oscura, un cuarto sumido en la oscuridad, fuera del tiempo.

Tras la guerra de Secesión, cuando una multa de cinco dólares por violar alguna de las leyes Jim Crow —vagancia, cambiar de patrón sin permiso, «contacto pretencioso», lo que fuera— llevó a hombres y mujeres negros a caer en las fauces de la servidumbre por deuda, los hijos de los blancos se acordaron de las tradiciones familiares. Cavaron hoyos, forjaron barrotes, prohibieron el alimenticio rostro del sol. La Escuela Industrial de Florida para Chicos no llevaba ni seis meses funcionando cuando convirtió los armarios de la segunda planta en celdas de aislamiento. Uno de los empleados de mantenimiento fue de dormitorio en dormitorio atornillando cerrojos: listo. Las celdas oscuras siguieron siendo utilizadas incluso después de que dos chicos que estaban encerrados en ellas murieron durante el incendio del año 21. Los hijos mantenían viva la tradición.

Tras la Segunda Guerra Mundial, el estado declaró ilegales las celdas oscuras y las cajas de sudor en centros de menores. Fue una época de reformas buenistas a todos los niveles, incluso en la Nickel. Pero aquellas habitaciones esperaron: vacías, silenciosas, sin ventilar. Esperaron la llegada de chicos díscolos necesitados de un correctivo. Y esperan todavía, mientras los hijos —y los hijos de estos hijos— se acuerden.

La segunda paliza que le dieron a Elwood en la Casa Blanca no fue tan brutal como la primera. Spencer ignoraba qué perjuicios había causado la carta del muchacho, quién más la había leído, qué clase de repercusiones podía desencadenar en el Congreso. «Un negro listo —dijo—. No sé de dónde sacan a estos negros listos.» No era el Spencer jovial de siempre. Le dio al chico veinte golpes y luego, con cara de aburrido, le pasó la Azabache a Hennepin por primera vez. Spencer lo había contratado para sustituir a Earl, desconociendo hasta qué punto había acertado en su elección. Pero Dios los cría y ellos se juntan. Hennepin casi siempre mantenía aquella expresión de lerda malevolencia, moviéndose torpemente por el campus, pero se le iluminaba la cara a la menor oportunidad de ser cruel, y entonces aparecían una sonrisita desdentada y una mueca burlona. Después de que Hennepin le diera unos cuantos azotes, Spencer le agarró la mano. No había forma de saber lo que estaba pasando en Tallahassee. Trasladaron a Elwood a la celda oscura.

La habitación de Blakeley quedaba a la derecha en lo alto de la escalera. Detrás de la otra puerta estaban el corto pasillo y los tres cuartos. Estos habían sido repintados para la inspección y habían metido dentro montones de ropa de cama y colchones de repuesto. La pintura tapaba las iniciales de anteriores ocupantes de las celdas, aquellos rayajos hechos a oscuras a lo largo de años y años. Iniciales, nombres, y también un surtido de palabrotas y de súplicas. Cuando se abría la puerta y los chicos veían por fin lo que habían escrito, aquellos jeroglíficos no se parecían en nada a lo que recordaban haber garabateado en las paredes. Era todo obra del demonio.

Spencer y Hennepin trasladaron sábanas y colchones a los cuartos que quedaban a los lados. La celda central volvía a estar vacía cuando metieron allí a Elwood. A la tarde siguiente, un monitor le dio un cubo para que hiciera sus necesidades, pero eso fue todo. Se colaba algo de luz por la rejilla que había en lo alto de la puerta, una luz grisácea a la que sus ojos se fueron acostumbrando. Le dieron de comer cuando los otros chicos salieron para ir a desayunar: una sola comida al día.

Los tres últimos ocupantes de aquel cuarto en concreto habían terminado mal. Era un sitio maldito, la peor de las suertes posibles. A Rich Baxter lo condenaron a la celda oscura por revolverse: un supervisor blanco le dio un capón y Rich le saltó tres dientes. Su derecha era temible. Rich se tiró un mes en el cuarto oscuro pensando en la gloriosa destrucción que desataría contra el mundo blanco cuando lo sacaran de allí. Violencia desbocada, asesinato, ensañamiento. Se imaginaba limpiándose los nudillos ensangrentados en el peto. Pero no, se alistó en el ejército y lo mataron —el féretro estaba cerrado— dos días antes de que terminara la guerra de Corea. Cinco años más tarde, a Claude Sheppard lo mandaron arriba por robar melocotones. No volvió a ser el mismo después de varias semanas a oscuras: entró como muchacho y salió como hombre renqueante. Claude renunció a portarse mal y buscó remedios para su persistente torpeza, inepto como era. Tres años después se metió una sobredosis de caballo en una pensión de mala muerte de Chicago; ahora yace en una fosa común.

A Jack Coker, el inmediato predecesor de Elwood Curtis, lo descubrieron en plena actividad homosexual con otro alumno, Terry Bonnie. Jack pasó su temporada a oscuras en Cleveland, Terry en el segundo piso de Roosevelt. Estrellas binarias en el frío espacio. Lo primero que hizo Jack cuando salió de su encierro fue aplastarle la cara a Terry con una silla. Bueno, lo primero no. Tuvo que esperar hasta la hora de la cena. El otro chico era un espejo que ofrecía una imagen ruinosa de su persona. Jack murió tirado en el suelo de una cantina un mes antes de que Elwood ingresara en la Nickel. Entendió mal el comentario de un desconocido y arremetió contra él. El desconocido tenía una navaja.

Después de una semana y media, Spencer se hartó de tener miedo —en realidad tenía miedo la mayor parte del tiempo, pero no estaba acostumbrado a que fuera uno de sus chicos negros quien lo instigara— e hizo una visita a Elwood. En el capitolio de Florida las cosas se iban calmando, Hardee estaba menos inquieto. Lo peor había pasado. El gobierno tenía demasiado poder como para interferir, era el problema en general. Así lo veía él. Y cada año era peor. El padre de Spencer había sido supervisor del campus sur y fue degradado después de que un alumno bajo su tutela muriera asfixiado. Y todo porque hubo jaleo, la cosa se les fue de las manos, y le cargaron el muerto a él. Si antes entraba poco dinero en casa, después tuvieron que apretarse aún más el cinturón. Spencer todavía recordaba aquel pestazo a caldo y pastel de carne en lata en la pequeña cocina, y a él y a sus hermanos esperando en fila con los platos desportillados. Su abuelo había trabajado en la empresa de carbón T. M. Madison que había entonces en Spadra, Arkansas, vigilando a presos negros. Nadie del condado y tampoco nadie de la oficina principal osaba interferir en la ejecución de su oficio; su abuelo era un artesano y sus logros inspiraban respeto. Que uno de los chicos de Spencer hubiera escrito una carta sobre él, era humillante.

Se llevó a Hennepin consigo al segundo piso. El resto de los chicos estaban desayunando. «Supongo que te preguntarás cuánto tiempo vamos a tenerte aquí metido», dijo Spencer. Los dos le dieron unas cuantas patadas y después se sintió mejor, como si una burbuja de preocupación le hubiera reventado en el pecho.

La peor cosa que le había sucedido nunca a Elwood sucedía cada mañana: despertarse en aquel cuarto. Jamás le hablaría a nadie de aquellos días a oscuras. ¿Quién vendría a por él? Nunca se había considerado un huérfano. Tuvo que quedarse atrás para que sus padres pudieran encontrar lo que necesitaban allá en California. No tenía sentido guardarles rencor por ello: tenía que pasar una cosa para que pasara la otra. Elwood acariciaba la idea de que un día le contaría a su padre lo de la carta, le diría que era como aquella que él le entregó a su comandante sobre el trato recibido por las tropas de color, gracias a la cual le concedieron una distinción en la guerra. Pero él se sentía tan huérfano como muchos de los chicos que estaban en la Nickel. Nadie iba a venir.

Pensó mucho en la carta que el doctor Martin Luther King escribió desde la cárcel de Birmingham, en el poderoso llamamiento que aquel hombre redactó estando preso. Una cosa dio vida a la otra: sin cárcel no habría habido llamada a la acción. Elwood no tenía papel ni con qué escribir, allí solo había paredes, y carecía también de pensamientos sublimes, por no hablar de la sabiduría y la capacidad para expresarla con palabras. El mundo le había susurrado cuáles eran las normas para toda su vida y él se había negado a escuchar, atendiendo en su lugar a una orden superior. El mundo seguía dándole instrucciones: No ames a nadie porque desaparecerá, no confíes en nadie porque te traicionará, no te levantes y plantes cara porque te molerán a palos. Pero continuaba oyendo aquellos otros imperativos: Ama y ese amor te será devuelto, confía en el camino recto y este te llevará a la liberación, pelea y las cosas cambiarán. Él nunca escuchaba, nunca veía lo que tenía delante de los ojos, y ahora lo habían arrancado del mundo sin más. No oía otras voces que las de los chicos abajo, los gritos y las risas y los llantos temerosos, como si él flotara en un cielo amargo.

Una cárcel dentro de otra. Pasó aquellas largas horas esforzándose por resolver la ecuación del reverendo. «Metednos en la cárcel y nosotros os seguiremos amando… Pero tened por seguro que nuestra capacidad de sufrimiento acabará por agotaros, y que un día ganaremos nuestra libertad. No solo ganaremos la libertad para nosotros, sino que apelaremos a vuestro corazón y a vuestra conciencia para ganaros también a vosotros para nuestra causa, y nuestra victoria será una doble victoria.» No, él no podía dar ese salto al amor. Tampoco entendía lo que impulsaba esa propuesta ni la voluntad de ponerla en práctica.

Cuando era pequeño, siempre estaba vigilando el comedor del hotel Richmond. Los de su raza tenían prohibido el acceso, pero algún día podrían entrar. Él esperaba y esperaba. En la celda oscura, se replanteó aquella vigilancia. El reconocimiento que él pretendía iba más allá de la piel morena; buscaba a alguien que se pareciera a él, alguien a quien considerar un igual. A otros que lo consideraran a él un igual, aquellos que vieran aproximarse el mismo futuro, por muy lento que fuera el avance y plagado de obstáculos y recovecos, gente que sintonizara con la música más profunda de los discursos y las pancartas pintadas a mano. Aquellos que estuvieran dispuestos a aportar su peso a la gran palanca con que mover el mundo. Pero nunca aparecieron. Ni en el comedor del hotel ni en ninguna parte.

Oyó el ruido de la puerta que daba a la escalera, rascando contra el suelo. Pasos frente a la celda oscura. Elwood se preparó para recibir otra paliza. Por fin, después de tres semanas, habían decidido qué hacer con él. Estaba convencido de que esa era la única razón de que no lo hubieran llevado allí detrás, donde las argollas, para hacerlo desaparecer después: la incertidumbre. Pero ahora que las cosas se habían calmado, la Nickel recuperaba la disciplina de antaño y las costumbres transmitidas de generación en generación.

Alguien descorrió el pestillo. Una figura flaca a contraluz en el umbral. Turner le dijo que guardara silencio y lo ayudó a levantarse.

—Mañana te van a llevar allí detrás —le susurró.

—Ya —dijo Elwood.

Como si Turner le estuviera hablando a otro. Estaba aturdido.

—Tenemos que largarnos, tío.

A Elwood le desconcertó el plural.

—¿Y Blakeley?

—Ese está roque perdido. ¡Chsss!

Le pasó a Elwood sus gafas, la ropa y los zapatos. Eran de su taquilla, lo que llevaba puesto el primer día de colegio.

Turner también iba vestido de calle, pantalones negros y camisa de faena azul oscuro. «Tenemos que.»

De cara a la inspección, los chicos de Cleveland habían sustituido las tablas del suelo que crujían, pero se dejaron algunas. Elwood ladeó la cabeza, atento a posibles ruidos en las dependencias del jefe de casa. El sofá estaba cerca de la puerta. Más de una vez alguno de los chicos había tenido que subir a despertarlo cuando se quedaba dormido al toque de diana. Blakeley no se removió en su sofá. Elwood estaba rígido por los días de confinamiento y por las dos palizas. Turner dejó que se apoyara en él. Llevaba a la espalda una mochila abultada.

Cabía la posibilidad de que se toparan con un chico del dormitorio 1 o del dormitorio 2 que se hubiera levantado para ir a mear. Se apresuraron a bajar el siguiente tramo de escalera procurando hacer el menor ruido posible.

—Pasaremos de largo como si tal cosa —dijo Turner, y Elwood supo que se refería a la sala de recreo, para ir hacia la entrada posterior de Cleveland.

En la planta de abajo las luces estaban encendidas toda la noche. Elwood no tenía ni idea de la hora —¿la una, las dos de la madrugada?—, pero sin duda era lo bastante tarde para que los supervisores nocturnos estuvieran echando un sueñecito ilícito.

—Esta noche hay partida de póquer en la cochera —dijo Turner—. Veremos.

Una vez lejos de la luz que arrojaban las ventanas, corrieron renqueantes hacia la carretera. Poco después estaban fuera.

Elwood no le preguntó a Turner hacia dónde se dirigían. Lo que preguntó fue:

—¿Por qué?

—Joder, llevaban dos días correteando de un lado para otro como bichejos, esos hijos de puta. Spencer. Hardee. Y entonces Freddie me contó que Sam se había enterado por Lester de que los oyó hablar de que te iban a llevar allí detrás. —Lester era un chico de Cleveland que barría el despacho del supervisor y que estaba al tanto de todo lo que se cocía, un verdadero Walter Cronkite–. Ahí dije basta –continuó Turner–. Esta noche o nunca.

–Pero ¿por qué vienes conmigo?

Podía haberle indicado hacia dónde tenía que ir y desearle buena suerte.

–Iban a subir a por ti en cualquier momento, tonto del culo.

–Me dijiste: «No lleves a nadie contigo» –le recordó Elwood–. Si me fugaba.

–Tú eres tonto, pero yo estúpido –dijo Turner.

Este lo estaba llevando hacia el pueblo, corriendo por el borde de la carretera y escondiéndose cuando se acercaba un coche. Cuando las casas empezaron a aparecer más juntas, aflojaron el paso, caminando medio agachados, cosa que Elwood agradeció. Le dolía la espalda, y también las piernas donde Spencer y Hennepin le habían rajado la piel con la Azabache. La urgencia de la huida atenuó un poco la sensación de dolor. En tres ocasiones el perro de algún vecino rompió a ladrar al notar que pasaban frente a la casa y tuvieron que echar a correr otra vez. No llegaron a ver a los perros, pero el susto les hizo bullir la sangre.

–Está todo el mes en Atlanta –le informó Turner.

Habían llegado a la casa del señor Charles Grayson, el banquero al que le cantaron el «Cumpleaños feliz» la noche del gran combate. El servicio comunitario que le habían hecho había consistido en limpiar y pintar el garaje. La casa era grande y no había nadie. Los gemelos estaban estudiando en la universidad. Elwood y Turner habían tirado gran parte de los juguetes de cuando los dos Grayson eran pequeños, y Elwood se acordó de que tenían un par de bicicletas rojas idénticas. Las bicis seguían donde las dejaron aquel día, al lado de las herramientas de jardín. Pudo distinguirlas a la luz de la luna.

Turner hinchó los neumáticos. No tuvo que buscar la bomba: ¿desde cuándo lo tenía todo planeado? El chico llevaba su propio tipo de registro —de esta casa puedo sacar esta cosa, de aquella casa otra—, igual que Elwood llevaba el suyo.

No había modo de burlar a los perros cuando estaban sobre la pista, le dijo Turner.

—Lo máximo que puedes hacer es poner tierra de por medio, cuantos más kilómetros mejor. —Presionó los neumáticos con el pulgar y el índice—. A mí me parece que Tallahassee está bien. Es grande —dijo—. Yo apuesto por ir hacia el norte, pero no conozco la zona. En Tallahassee podemos pedir a alguien que nos lleve a otra parte, y entonces esos perros necesitarán alas para atraparnos.

—Iban a matarme y luego enterrarme allí —dijo Elwood.

—Tal cual.

—Y tú me has sacado.

—Eso parece. —Turner fue a decir algo más, pero se detuvo—. ¿Puedes montar?

—Sí, puedo.

En coche era una hora y media hasta Tallahassee, pero ¿en bici? Imposible saber hasta dónde llegarían antes de que despuntara el día, y además no iban por la ruta más directa. La primera vez que apareció un vehículo a sus espaldas, al ver que no había tiempo para apartarse de la calzada, siguieron pedaleando con cara de póquer. La camioneta roja los adelantó sin más. Tras el susto, ya no abandonaron la carretera; se trataba de hacer el máximo de kilómetros que el pedaleo de Elwood les permitiera.

Salió el sol. Elwood iba camino de casa. Sabía que no podría quedarse, pero le tranquilizaría volver a estar en su ciudad después de todas aquellas calles de blancos. Iría a donde le dijese Turner y luego, cuando no hubiera peligro, lo pondría todo por escrito otra vez. Probaría de nuevo en el *Defender*, y también en el *New York Times*. Era el periódico de referencia, o sea que en el fondo apoyaba al sistema, pero se había empleado a fondo en informar sobre la lucha por los derechos civiles. Podía ponerse en contacto con el señor Hill, su antiguo profesor. Elwood no había vuelto a intentarlo desde que

lo enviaran a la Nickel —el abogado había prometido locali-
zarlo—, pero aquel hombre conocía a mucha gente. Gente del
SNCC y también del círculo del reverendo King. Elwood
había fracasado, pero la única alternativa era aceptar de nuevo
el desafío. Si quería que la situación cambiara, ¿qué otra cosa
podía hacer salvo alzarse y plantar cara?

Por su parte, Turner pensaba en el tren al que subirían,
pensaba en el norte. Allí las cosas no estaban tan mal, un negro podía salir adelante. Ser dueño de sí mismo. Ser su propio
jefe. Y si no había tren, iría a gatas si era preciso.

La mañana avanzaba y el tráfico empezaba a ser más denso.
Turner había estado deliberando sobre cuál de las dos carre-
teras escoger y se había decidido por esta. En el mapa parecía
atravesar una zona menos poblada, y la distancia era más o
menos la misma. Estaba seguro de que los conductores les
echaban un buen vistazo. Lo mejor era mirar al frente y hacer
como si nada. Para su sorpresa, Elwood no aflojaba el ritmo
del pedaleo. Al pasar una curva, la carretera empezó a ascender una pendiente. Si a Turner lo hubieran tenido encerrado
y le hubieran pateado el culo varias veces, aquel repecho habría acabado con él, escuchimizado como era. Pero con Elwood no. Resistente: así era Elwood.

Turner se empujó la rodilla con la mano. Había dejado de
volver la cabeza cuando oía acercarse un coche por detrás,
pero notó un cosquilleo y esta vez sí lo hizo. Era una furgoneta de la Nickel. Entonces reparó en la capa herrumbrosa del
guardabarros delantero. Era la furgoneta del servicio comunitario.

A un lado de la carretera había campos de labranza —tierra
amontonada en surcos— y al otro lado pastos. No había árboles ni bosque a la vista. Los pastos quedaban más cerca, rodea-
dos por una valla de madera pintada de blanco. Turner gritó
a su compañero. Tendrían que echar a correr.

Se arrimaron al arcén lleno de baches y saltaron de las
bicis. Elwood pasó por encima de la cerca antes que Turner.
Uno de los cortes que tenía en la espalda le había manchado

de sangre la camisa, pero ya estaba seco. Turner lo alcanzó al momento y los dos chicos corrieron a la par entre la ondulante maleza de altas hierbas. Se abrieron las puertas de la furgoneta y Harper y Hennepin saltaron rápidamente la cerca. Cada cual empuñaba una escopeta.

—¡Más deprisa! —gritó Turner, mirando un momento hacia atrás.

Al final de la bajada había otra cerca, y más allá árboles.

—¡Estamos salvados! —dijo Turner.

Elwood jadeaba con la boca abierta.

La primera ráfaga erró el tiro. Turner volvió a mirar. Había sido Hennepin. Harper se detuvo entonces y sujetó la escopeta tal como su padre le había enseñado de pequeño. No era un padre al que se le viera mucho el pelo en casa, pero eso sí se lo había enseñado.

Turner zigzagueó al tiempo que agachaba la cabeza, como si así pudiera esquivar los perdigones. «No me podrás atrapar, soy el hombre de jengibre.» Se giró de nuevo en el momento en que Harper apretaba el gatillo. Los brazos de Elwood se alzaron, las manos extendidas, como si comprobara la solidez de las paredes de un largo pasillo, un pasillo que había estado atravesando durante mucho tiempo y que no parecía tener final. Se tropezó, dio un par de pasos y cayó de bruces en la hierba. Turner siguió corriendo. Más tarde se preguntaría si oyó a Elwood gritar o emitir algún sonido, pero nunca llegó a saber la respuesta. Corrió sin parar y en sus oídos solo retumbaba el fluir de su sangre.

EPÍLOGO

Aquellos puntos de información no le gustaban, no le hacían el menor caso por más que mascullara y pinchara las pantallas con el dedo. Fue al mostrador. Lo atendía una chica negra de unos veintitantos años, de aspecto muy competente. La generación emergente, como las sobrinas de Millie, que no estaban para chorradas y no les daba miedo decírtelo.

—Vuelo para Tallahassee —dijo Turner—. Apellido Curtis.

—¿Documentación?

Estaba esperando que le entregaran el carnet de conducir nuevo, ahora que se rapaba la cabeza cada dos días. No se parecía al de la foto. A su antiguo yo. De todos modos, en cuanto llegara a Tallahassee no necesitaría el carnet de conducir. Eso era agua pasada.

Cuando el dueño del restaurante, a las dos semanas de fugarse de la Nickel, le preguntó cómo se llamaba, Turner dijo: «Elwood Curtis». Lo primero que le vino a la cabeza. Le sentaba bien. Fue el nombre que utilizó en adelante cuando le preguntaban, para honrar a su amigo.

Para vivir por él.

La prensa se hizo eco de la muerte de Elwood. Era un chico de la zona, nadie puede escapar al largo brazo de la ley, tonterías así. El nombre de Turner en letras de molde como el del otro fugado, «un joven negro». Sin más descripción. Otro chaval de color que se metía en problemas, era lo único que la gente necesitaba saber. Turner se ocultó en el que fuera el territorio de juegos de Jaimie: el patio de maniobras del ferrocarril en All Saints. Se arriesgó a pasar una noche en el depósito y luego subió a un mercancías que se dirigía al norte. Trabajando aquí y allá —camarero, jornalero, albañil—, siempre rumbo al norte siguiendo la costa. Hasta que llegó a Nueva York, donde vivía desde entonces.

En 1970 regresó por primera vez a Florida y solicitó una copia de la partida de nacimiento de Elwood. La desventaja de trabajar con tíos de dudosa reputación, tanto en la construcción como entre platos y cubiertos, era que se trataba de tíos de dudosa reputación, pero también sabían cosas turbias, como la manera de conseguir la partida de nacimiento de un hombre muerto. O de un muchacho muerto. Fecha de nacimiento, nombre del padre y de la madre, ciudad. En aquel entonces, antes de que Florida se pusiera al día y tomara medidas de protección, era bastante fácil. Dos años más tarde hizo la solicitud para obtener una tarjeta de la Seguridad Social. La tarjeta apareció en el buzón junto con un folleto del súper A&P.

La impresora que había detrás del mostrador empezó a ronronear.

—Que tenga un buen viaje, señor —dijo la empleada de la compañía aérea. Sonrió—. ¿Alguna cosa más?

Turner volvió en sí.

—Gracias.

Perdido en aquel viejo lugar. Su primera visita a Florida en cuarenta y tres años. El lugar lo agarró por el cuello desde la pantalla de televisión y tiró de él.

Cuando Millie llegó del trabajo la víspera, él le pasó los dos artículos que había impreso sobre la Nickel y los cementerios.

—Es horrible —dijo ella—. Esta gente sale impune de cualquier cosa.

Según uno de los textos, Spencer había muerto hacía unos años, pero Earl seguía vivito y coleando. Noventa y cinco años, todos ellos desdichados. Estaba jubilado, y era un «miembro muy respetado de la comunidad de Eleanor», hasta el punto de que en 2009 el Ayuntamiento le concedió la medalla al Buen Ciudadano del año. En la foto del periódico el antiguo supervisor se veía decrépito, apoyado en un bastón en el porche de su casa, pero a Turner aquella mirada fría como el acero le dio escalofríos.

«¿Pegó alguna vez a los chicos treinta o cuarenta veces con una correa?», le preguntaba el periodista.

«Eso no es verdad, señor. Lo juro por mis hijos. No era más que un poco de disciplina», decía Earl.

Millie le devolvió los artículos.

—Ese crápula blanco pegaba a los chicos, te lo digo yo. ¡Un poco de disciplina!

Ella no lo entendió. ¿Cómo iba a entenderlo, si había vivido siempre en el mundo libre?

—Yo estuve allí —dijo Turner.

Aquel tono de voz...

—¿Elwood? —Como si tanteara el hielo para ver si soportaría su peso.

—Estuve en la Nickel. Ese era el sitio. Te conté que había estado en el reformatorio, pero nunca te dije el nombre.

—Elwood, ven aquí —dijo ella.

Él se sentó en el sofá. No había cumplido toda la condena, como le había contado años atrás, sino que se había fugado. Y luego le explicó el resto, incluyendo lo de su amigo.

—Se llamaba Elwood —dijo Turner.

Estuvieron dos horas en el sofá. Sin contar los quince minutos que ella fue a encerrarse en el dormitorio. «Tengo que irme, perdona.» Luego volvió, los ojos enrojecidos, y reanudaron la conversación.

En cierto modo, Turner había estado contando la historia de Elwood desde que su amigo muriera; fueron años y años de revisiones, de encajarlo todo bien, mientras dejaba de ser el desesperado gato callejero de su juventud para convertirse en el hombre del que pensaba que Elwood se habría sentido orgulloso. Sobrevivir no es suficiente, tienes que vivir... oía la voz de Elwood mientras bajaba por Broadway a plena luz del día, o al final de una larga noche encorvado sobre los libros. Turner entró en la Nickel con estrategias y artimañas aprendidas a golpe de experiencia, y con un don especial para salir sin un rasguño. Saltó la cerca al final de aquellos pastos, se adentró en el bosque y luego los dos chicos desaparecieron. En nombre de Elwood, Turner intentó encontrar otro camino. Y ahora aquí estaba. ¿Adónde lo había llevado ese camino?

—Por eso te peleaste con Tom —dijo Millie.

Instantes de diecinueve años juntos se le revelaban ahora con un granulado fino. Era más fácil centrar la atención en detalles. Aferrarse a las cosas pequeñas evitaba que tuviera que asimilar la imagen completa. Su pelea con Tom, con el que había trabajado en la primera empresa de mudanzas. Eran amigos desde hacía mucho. Estaban celebrando el Cuatro de Julio con una barbacoa en la casa de Tom, en Port Jefferson. Estaban hablando de un rapero que acababa de salir de la cárcel por evadir impuestos y Tom canturreó «Si no te gusta el talego, no juegues con fuego», como sonaba en los títulos de crédito de aquella vieja serie de polis, *Baretta*.

«Por eso salen bien librados —le contestó él a Tom—, porque gente como tú piensa que lo merecen.» ¿A qué vino que él —¿quién?, ¿Elwood?, ¿Turner?, el hombre con el que se casó— defendiera a semejante inútil? Que estallara así. Chillándole a Tom delante de todos mientras daba vuelta a unas hamburguesas ataviado con aquel ridículo delantal. Condujeron en silencio todo el trayecto de regreso a Manhattan. Más pequeñas cosas: él saliendo del cine sin más explicación que un «Me aburro» porque una escena —de violencia, de indefensión— lo abdujo y lo llevó de vuelta a la Nickel. Él, siempre tan sereno y equilibrado, y de repente aquella oscuridad apoderándose de él. Despotricando de la policía, del sistema judicial, de los depredadores… Todo el mundo odiaba a la poli, pero con él era diferente y ella tuvo que aprender a dejarlo que se desfogara cuando tenía uno de aquellos arrebatos, por la cara de fiera salvaje que se le ponía, por la vehemencia de sus palabras. Las pesadillas que lo atormentaban y de las que él juraba no acordarse; ella sabía que en el reformatorio lo había pasado mal, pero no que fuera aquel sitio en concreto. Hizo que apoyara la cabeza en su regazo mientras lloraba, y acarició con el pulgar la muesca de gato callejero que tenía en la oreja. La cicatriz en la que nunca se fijaba, pero que estaba justo delante de sus ojos.

¿Quién era aquel hombre? Era él, la persona que siempre había sido. Ella le dijo que lo entendía, hasta donde alcanzó a entender esa primera noche. Él era él. Tenían la misma edad. Ella había crecido en el mismo país y con el mismo color de piel. En 2014 ella vivía en Nueva York. En ocasiones costaba recordar lo mal que estaban las cosas antes —doblar la cintura para beber de una fuente para negros cuando iba a Virginia a ver a su familia, el inmenso esfuerzo que los blancos hacían para someterlos—, y de pronto todo aquello volvía como en una ráfaga, desencadenado por los más mínimos detalles, como estar en una esquina tratando de parar un taxi, una humillación rutinaria de la que se olvidaba a los cinco minutos porque si no se volvería loca; y también por cosas de peso, como circular por un barrio marginal, deprimido por ese mismo e inmenso esfuerzo, o enterarse de que otro chico había muerto por disparos de la policía. Nos tratan como a infrahumanos en nuestro propio país. Siempre ha sido así. Y tal vez lo será siempre. El nombre de él importaba poco. La mentira era de envergadura, pero, conforme iba conociendo más pormenores, ella lo comprendió a la luz de cómo lo había tratado el mundo. Salir de aquel sitio y labrarse un porvenir, convertirse en un hombre capaz de amarla como lo hacía, convertirse en el hombre a quien ella amaba: su engaño no era nada en comparación con lo que había conseguido hacer con su vida.

—No pienso llamar a mi esposo por su apellido.

—Jack. Jack Turner.

Salvo su madre y su tía, nadie le había llamado Jack en toda su vida.

—A ver, voy a probar —dijo ella—. Jack, Jack, Jack.

A él le sonó bien; más real cada vez que salía de su boca. Estaban agotados. Ya en la cama, ella le dijo:

—Quiero que me lo cuentes todo. Esto no será solo una noche.

—Ya lo sé. Lo haré.

—¿Y si te meten en la cárcel?

—No sé qué van a hacer.

Ella debería acompañarle. Quería acompañarle. Pero él no se lo permitiría. Tendrían que retomarlo una vez que él hubiera hecho lo que se proponía. Independientemente de cómo acabara la cosa.

Después de aquello no hablaron. Tampoco durmieron. Ella se acurrucó contra su espalda, él pasó una mano hacia atrás y la posó sobre su trasero para asegurarse de que seguía siendo real.

Una voz femenina anunció el vuelo a Tallahassee. Tenía toda la fila para él solo. Se puso cómodo y durmió, había estado en vela toda la noche, y al despertar en pleno vuelo reanudó la discusión consigo mismo sobre la traición. Millie lo había cambiado todo para él, lo había convertido en otro hombre, una persona nueva. Y él la traicionó. Como había traicionado a Elwood al entregar aquella carta. Debería haberla quemado y sacarle de la cabeza aquel plan idiota, en vez de castigarlo con el silencio. Silencio fue todo lo que recibió, pobre chico. Dice él: «Voy a alzar la voz», y el mundo permanece mudo. Elwood y sus sublimes imperativos morales, sus elevadas ideas sobre la capacidad del género humano para mejorar. Sobre la capacidad del mundo para enderezarse. Había salvado a Elwood de aquel par de argollas de hierro, del cementerio secreto. En vez de eso, lo enterraron en Boot Hill.

Debería haber quemado aquella carta.

Según había podido leer los últimos años en artículos sobre la Nickel, enterraban a los chicos a toda prisa para frenar cualquier investigación, sin decir ni una palabra a los familiares; pero, claro, ¿quién tenía dinero para hacer que enviaran el cadáver a casa y darle nueva sepultura? Harriet no. Turner encontró su necrológica en la página digital de un periódico de Tallahassee. La anciana murió un año después que Elwood y dejaba una hija, Evelyn. No se mencionaba si la tal Evelyn había hecho acto de presencia en el sepelio. Ahora Turner tenía dinero para enterrar debidamente a su amigo, pero toda reparación estaba en espera. Como lo que le diría a Millie para demostrarle qué clase de persona era: de momento no podía ver más allá de su retorno a la Nickel.

En la cola del taxi, al salir del aeropuerto de Tallahassee, le entraron ganas de pedirle un cigarrillo al desesperado fumador que acababa de encenderse uno tras estar encerrado en el avión. La cara severa de Millie lo disuadió de hacerlo y, para distraerse, se puso a silbar «No Particular Place to Go». De camino hacia el Radisson, volvió a leer el suelto del *Tampa Bay Times*. Lo había mirado ya tantas veces que la tinta estaba medio corrida; cuando volviera, tendría que decirle a Yvette que cambiara el tóner o lo que fuera. O As de la Mudanza miraba al futuro, o no habría futuro.

La rueda de prensa era a las once. Según el periódico, el sheriff de Eleanor iba a informar acerca de las últimas novedades en la investigación sobre las tumbas y un catedrático de arqueología de la Universidad del Sur de Florida hablaría sobre los análisis forenses de los chicos muertos. Y estarían presentes algunos de los que pasaron por la Casa Blanca para dar su testimonio. Turner les había seguido la pista los dos últimos años a través de su página web: las reuniones, la vida de cada uno en la Nickel y después de la Nickel, sus reivindicaciones. Querían un monumento conmemorativo y una disculpa oficial por parte del estado de Florida. Querían hacerse oír. A él le habían parecido patéticos, con sus lloriqueos sobre cosas ocurridas hacía cuarenta o cincuenta años, pero tuvo que reconocer que ahora lo que le revolvía el estómago era su propio penoso estado, el miedo que le entraba solo de ver el nombre y las fotografías de aquel lugar. En el fondo, por más cara que le hubiera echado y le siguiera echando a la vida, y aunque delante de Elwood y los demás chicos se hubiera mostrado fanfarrón, él siempre había tenido miedo. Y aún lo tenía. El estado de Florida había cerrado la escuela tres años atrás y ahora estaba saliendo todo a relucir, como si todos, los chicos de la Nickel, hubieran tenido que esperar a que estuviera muerta y enterrada para contar la verdad. La Nickel ya no podía hacerles daño, no podía agarrarlos en plena noche y castigarlos brutalmente. Solamente podía hacerles daño a la antigua usanza.

Porque todos los hombres de la página web eran blancos. ¿Quién hablaba en nombre de los chicos negros? Ya era hora de que lo hiciera alguien.

Ver el recinto y aquellos edificios en las noticias de la noche le había obligado a volver. Tenía que contar la historia de Elwood, independientemente de lo que pudiera pasarle a él. ¿Era un hombre buscado, un fugitivo? Turner no entendía de leyes, pero jamás había subestimado la corrupción del sistema. Ni entonces ni ahora. Lo que tenga que pasar, que pase. Buscará la tumba de Elwood y le contará a su amigo qué ha sido de su vida después de que lo abatieran en aquellos pastos. Cómo aquel momento transformó a Turner y cambió el rumbo de su vida. Le dirá al sheriff quién era él, compartirá la historia de Elwood y lo que le hizo la Nickel cuando intentó poner freno a sus crímenes.

Dirá a los chicos de la Casa Blanca que fue uno de ellos y que, al igual que ellos, sobrevivió. Dirá a quien quiera escucharle que él vivió allí un tiempo.

El Radisson estaba en una esquina de Monroe Street, en el centro. Era un hotel antiguo al que habían añadido varios pisos. Las modernas ventanas tintadas y el revestimiento metálico marrón de las partes nuevas contrastaban con el ladrillo rojo de las tres plantas inferiores, pero era mejor que demoler todo el edificio y empezar de cero. Eso ocurría mucho últimamente, de manera especial en Harlem. Todos aquellos edificios que habían visto tantas cosas, y se los cargaban sin más. Aquel era un hotel viejo, pero con buenos cimientos. Hacía mucho tiempo que Turner no veía ese tipo de arquitectura sureña que recordaba de su juventud, con los porches abiertos y los balcones blancos envolviendo cada piso como cinta de teletipo.

Entró en su habitación. Después de abrir el equipaje, sintió hambre y bajó al restaurante del hotel. A esa hora no había nadie. La camarera estaba encorvada junto al puesto de servicio, una chica muy pálida con el pelo teñido de negro. Llevaba una camiseta de un grupo de música que él desconocía, una sonriente calavera verde sobre fondo negro. Debía de ser una banda de heavy metal. La chica dejó la revista que estaba mirando y le dijo: «Siéntese donde quiera».

La cadena había redecorado el comedor al estilo de los hoteles contemporáneos, con mucho plástico verde lavable. Tres televisores inclinados en distintos ángulos parloteaban sintonizados al mismo canal de noticias, las noticias eran malas como siempre, y por unos altavoces ocultos sonaba una canción pop de los ochenta, una versión instrumental con sintetizadores en primer plano. Examinó la carta y se decidió por la hamburguesa. El nombre del restaurante —Blondie's!— parecía saltar desde la cubierta del menú en gruesas letras doradas, y debajo había un breve párrafo explicando la historia del establecimiento. El antiguamente conocido como hotel Richmond era todo un hito de la ciudad, de ahí que —aseguraba el texto— hubieran procurado por todos los medios preservar el espíritu del majestuoso establecimiento de antaño. En la tienda contigua a la recepción vendían postales.

De haber estado menos cansado, podría haber reconocido aquel nombre de una historia que le habían contado cuando era joven, sobre un chico al que le gustaba leer tebeos en la cocina del hotel, pero no cayó en ello. Estaba hambriento y el restaurante no cerraba en todo el día, y con eso bastaba.

AGRADECIMIENTOS

Esta es una obra de ficción y todos los personajes son de mi invención, pero está inspirada en la historia de la Escuela Dozier para Chicos de Marianna, Florida. Oí hablar de ella por primera vez durante el verano de 2014 y más tarde descubrí los exhaustivos reportajes de Ben Montgomery para el *Tampa Bay Times*. Merece la pena echar una ojeada a la hemeroteca del periódico. Los artículos de Montgomery me llevaron a la doctora Erin Kimmerle y a sus estudiantes de arqueología en la Universidad del Sur de Florida. Sus estudios forenses de las tumbas secretas son de gran valor y están reunidos en *Report on the Investigation into the Deaths and Burials at the Former Arthur G. Dozier School for Boys in Marianna, Florida*. Se puede consultar en la página web de dicha universidad. Cuando Elwood lee el folleto de la Nickel en la enfermería, cito de este informe para el día a día de la escuela.

La página web de los que sobrevivieron a la Dozier es officialwhitehouseboys.org, y allí consta la historia de varios antiguos alumnos del centro contada por ellos mismos. Cito en el capítulo 4 a Jack Townsley, uno de los chicos de la Casa Blanca, cuando Spencer explica cuál es su postura con respecto a la disciplina. La autobiografía de Roger Dean Kiser, *The White House Boys: An American Tragedy*, y el libro de Robin Gaby Fisher (escrito en colaboración con Michael O'McCarthy y Robert W. Straley), *The Boys of the Dark: A Story of Betrayal and Redemption in the Deep South*, son dos obras excelentes sobre este particular.

El artículo de Nathaniel Penn en *GQ* «Buried Alive: Stories From Inside Solitary Confinement» contiene una entrevista con un recluso llamado Danny Johnson en la que dice: «Lo peor que me ocurrió jamás estando incomunicado es algo que me ocurre todos los días. Es cuando me despierto». Johnson pasó veintisiete años incomunicado; he reformulado esta cita en el capítulo 16. El excarcelero Tom Murton escribió sobre los centros penitenciarios de Arkansas en su libro con Joe Hyams titulado *Accomplices to the Crime: The Arkansas Prison Scandal*. La obra proporciona una visión de primera mano de la corrupción en las prisiones y sirvió de base a la película *Brubaker*, que recomiendo a todo aquel que no la haya visto aún. *Historic Frenchtown: Heart and Heritage in Tallahassee*, de Julianne Hare, es una espléndida historia de esa comunidad afroamericana a lo largo de los años.

Hay bastantes citas del reverendo Martin Luther King Jr.; oír su voz en mi cabeza resultó de lo más vigorizante. Elwood cita su «Discurso antes de la Marcha de la Juventud por las Escuelas Integradas» (1959); el elepé de 1962 *Martin Luther King at Zion Hill*, concretamente el fragmento «Fun Town»; su «Carta desde la cárcel de Birmingham»; y el discurso en el Cornell College de 1962. Por último, la cita de James Baldwin «Los negros son estadounidenses» procede de «Many Thousands Gone», perteneciente a su obra *Notes of a Native Son*.

Intenté averiguar lo que ponían en la televisión la noche del 3 de julio de 1975, y consultando la programación televisiva en los archivos del *New York Times*, encontré una bonita perla.

Este es mi noveno libro con Doubleday. Muchísimas gracias a Bill Thomas, mi excelente y eminente editor, así como a Michael Goldsmith, Todd Doughty, Suzanne Herz, Oliver Munday y Margo Shickmanter por su enorme apoyo, esfuerzo y fe a lo largo de estos años. Gracias a Nicole Aragi, mi extraordinaria agente, sin la cual yo no soy más que otro vulgar escritor, y a Grace Dietsche y todo el equipo de Aragi. Gracias a la encantadora gente del Book Group por sus palabras de ánimo. Y toda mi gratitud y mi amor a mi familia: Julie, Maddie y Beckett. Afortunado es el hombre que tiene a personas así en su vida.

Colson Whitehead nació en 1969 en Nueva York. Finalista del PEN/Hemingway con su primera novela, *La intuicionista* (2000), ha publicado media docena de novelas y el libro *El coloso de Nueva York* (2005). En lengua española también se han publicado *Zona Uno* (2012) y *El ferrocarril subterráneo* (2017). Esta última fue merecedora del Premio Premio Pulitzer 2017, del National Book Award 2016, de la Andrew Carnegie Medal for Excellence y del Indies Choice Book Award de 2017, además de convertirse en un bestseller internacional. Su última novela, *Los chicos de la Nickel*, ha sido considerada una de las mejores diez novelas de la década pasada según según la la revista *Time* y le ha hecho merecedor de un segundo Pulitzer, honor que comparte con John Updike, William Faulkner y Booth Tarkington. Colson Whitehead es profesor en las universidades de Columbia y Princeton, y ha recibido las becas Guggenheim y MacArthur.